동방의 별
새시대의 신호탄

박경철이 말로 빚고
문수림이 상상력으로 덧대다

마이티북스

동방의 별 ────────────────

누구에게나 역경은 존재한다.

그 역경을 극복하는 것은 각자의 몫이라고 할 수 있겠지만, 나의 역경 속에서 피어난 꽃이 우리들에게 희망이 되기를 기대해본다.

이 시대의 까만 밤에 '동방의 별'이라는 이름으로 세상과 마주한다. 나는 무도인으로서 내 이름에 담긴 깊은 의미는 혼탁한 세상에 맞서 새 시대의 이정표와 이상을 전달한다는 것이다. 동방이란 말에서 새로운 희망의 방향을 찾아가는 의지와 "별", 즉 영원한 지향점을 가리키는 상징을 담아 우리의 가슴에 울림을 준다. 나는 바른 인성의 진리를 탐구하며 혼란스러운 현재의 정치와 사회 구조를 정화하는 역할을 하고자 새로운 대한민국의 희망을 이야기한다.

나는 대한민국이 새롭게 펼쳐질 시대를 열망하며 그 꿈을 이루기 위한 원대한 계획을 세우고 있다. 그 계획은 동방의 등불, 바로 지혜와 가르침의 빛이 새로운 진리를 밝혀내고 그것을 통해 답이 없는 현실의 문제들을 과감하게 풀어나가는 것이다. 나의 비전은 대한민국이 인류로부터 존경받는 국가가 되어 세계인의 나침반이 되는 것이다. 이 모든 것이 나의 꿈에서 끝나지 않기를 바라며 나의 무도인 정신이 새로운 시대에 대한 희망이 되길 소망한다. 나는 이 책에 내 이념, 비전, 꿈을 담아 모두에게 나의 생각과 가치를 전하고자 한다.

나의 무도인 정신은 인간을 바르게 다스리는 도구이다. 나는 신체적인 힘과 마음의 힘을 균형있게 조화시키는 것, 그것이 바른 인성의 핵심이라고 믿는다. 나의 이념은 정의, 참된 진리, 그리고 사랑의 가치를 내세운다. 나는 사회에 변화가 필요하다는 신념으로 혼란스러운 현실에 대처하고자 한다.

이 책을 통해 모든 이가 나의 이념과 정신을 통해 세상, 특히 대한민국의 새로운 시대를 바라보는 방식에 대해 고민하길 바란다. 나의 이야기는 우리가 직면한 문제에 대한 새로운 시각을 제공하며, 더 나은 미래를 만들 수 있도록 동기를 부여한다. '동방의 별'이라는 나의 꿈이 우리 모두의 꿈이 되길 바란다.

완연해지는 가을의 햇살을 받으며

박 경 철

Prologue
- 유령을 호출하다

이번 이야기는 대낮에 유령을 찾기 위해 도심을 가로지른 남자로부터 시작된다. 이야기가 낯설게 느껴지는 이들이 있다면, 남자의 큰 키와 서글서글한 눈매부터 봐줬으면 좋겠다. 거부감이 들지 않는 친근한 인상이다. 그의 나이가 오십대 중반만 아니었다면, 벌어진 어깨에 대해서도 조금 더 묘사를 했겠지만, 지금은 그저 젊은 시절에 운동에 꽤 열심이었을 거라는 추측 정도만 해두자. 중요한 건 그가 유령에 대한 이야기를 듣자마자 자동차 시동을 걸었다는 거다.

같은 지역권이라고는 하지만, 남자가 마지막으로 볼일을 보던 시내로부터 유령이 지내고 있는 도심의 끝자락까지는 제법 거리가 있었다. 그런 거리를 한달음에 달려와 차에서 내리자마자 찾은 사무실은 겉으로는 무엇을 하는 곳인지 전혀 짐작이 되지 않을 곳이었다.

"안녕하십니까, 연락드렸던 박경철입니다."

남자는 망설임 없이 사무실의 문을 열고 들어서서 자신을 맞이하는 남자를 향해 곧은 자세로 손을 내밀었다.

"어서 오세요, 반갑습니다. 제가 바로, 찾으시던 유령, 문수림입니다."

자신을 문수림이라고 소개한 남자. 아니, 유령은 남자와 악수를 주고받은 뒤 정중하게 자리를 권했다.

"코리아애드웹 대표께서 저를 소개하셨다고요?"
"네, 전문가시라고 들었습니다. 지금도 관공서 매거진에 소설을 연재하고 계신다고 들었고요. 솔직히 실력자가 필요해서 바로 찾아온 겁니다."

수림은 남자에게 커피를 건네며 속으로 실소를 흘렸다. 타인의 인생을 대신 써주는 유령 작가의 정체를 아는 사람들이 점점 늘어나고 있으니, 전혀 좋은 일이 아니다. 조만간 필명을 새로 하나 써야겠다는 생각이 들자 괜히 허탈해진 마음이 든다.

"제가 다가오는 총선에 무소속으로 출마해보려고 합니다."
"총선이요? 그럼, 자서전이 필요하시다는 겁니까?"

수림의 얼굴이 금방 굳어버렸다. 정치, 종교와는 거리를 두고 살자는 게 평소 그의 신념이었다. 방금 전까지 차기 필명으로 뭐가 좋을지를 고민하던 머릿속이 이제는 찾아오신 손님을 어떤 좋은 말로 돌려보낼까 하는 고민으로 가득 차올라 들끓었다.

"아, 그런데 자서전은 제가…"
"작가님에게 일반적인 자서전을 부탁드리려고 찾아온 게 아닙니다. 저는 소설을 부탁드리려고 온 겁니다."

"자전적 소설 같은 걸 말하시는 겁니까?"

"아무래도 정치한다는 양반들의 자서전은 솔직히 조금도 재미가 없잖아요. 다들 자서전에는 좋은 말만 적기 바쁘지만, 실제 대중들이 현실에서 느끼고 판단하게 되는 부분들은 전혀 다른 지점에 있다고 생각합니다. 그러니 그런 책들은 솔직히 일반 대중들이 재미있어서 읽는 건 아니라고 생각한다는 거죠. 저는 일단 대중들이 재미있어하길 바랍니다. 그래서 이미 정치에 관심 많은 사람들이 자신이 선택한 정치인을 지지하기 위해 독서를 하는 게 아니라, 재미있는 책을 만나 독서를 하다가 정치 자체에 조금이라도 관심을 가지게 되거나, 나아가서 글의 주인공에게 관심을 가졌으면 하는 거죠."

수림은 거절의 말을 고르고 있었으나 소설이란 단어 앞에서 마음의 벽이 순식간에 허물어지고 말았다. 뒤이어 소설을 바라고 찾아온 것에 대한 이유를 듣게 되자 절로 고개가 끄덕여지기까지 했다.

"그래서 특별히 코리아애드웹 대표에게 실력자를 추천해 달라고 한 겁니다. 그분은 여러 필진들과 작업을 하시니 그분이 추천한 분이라면, 저도 신뢰할 수 있고요. 그런데 그분께서 조금도 망설이지 않고 바로 작가님을 추천하시더라는 거죠."

"감사합니다."

수림은 밀려오는 많은 생각을 뒤로 하고 펜과 종이를 꺼내 들었다. 준비되지 않은 상황이라 당장 녹음기의 배터리가 없는 게 아쉬웠다.

"우선은 대략적으로 책을 통해 반드시 하고 싶은 이야기가 있다면 말씀해 주시겠습니까? 제가 솔직히 자서전 의뢰를 반기진 않습니다만, 소설을 원하신다고 하니 한 번 들어보고 판단하도록 하겠습니다."

남자는, 박경철은, 사람 좋게 웃어 보인 뒤 "저는 과거에 체육관을 운영하던 사람이었습니다"라는 말을 시작으로 꽤 오랜 시간 쉬지 않고 이야기를 이어갔다. 문수림은 끊임없이 메모하며, 이야기를 좇았다. 그렇게 이야기는 "그래서 도전해 보려는 겁니다"라는 말로 끝맺을 때까지 일정한 긴장감 속에서 펜과 줄다리기를 했다.

"작가님, 어떤 것 같습니까? 소설이 되겠습니까?"

"소설은 얼마든지 가능하죠. 다만, 솔직히 망설여집니다. 제가 원래 정치나 종교와는 거리를 두고 살자는 쪽이거든요. 그렇지만… 말씀하신 게 진심이시라면, 써보고 싶습니다. 그러기 위해서는 소설의 첫 장이 우물 두레박에서부터 시작되어야 하겠네요."

"하하하, 그러셨군요. 그런 건 제가 몰랐던 부분이네요. 그렇지만, 써보고 싶어졌다고 하셨으니 아무쪼록 잘 부탁드립니다."

수림이 메모지와 펜을 옆으로 밀어내고, 남자의 눈을 정면으로 응시했다. 박경철보다 머리가 두 개 정도는 작은 문수림이었지만, 아직 한 글자도 써지지 않은 소설을 위해 결연한 자세를 보였다.

"소설을 원하신다고 하셨으니, 전 정말 소설을 쓸 겁니다. 그러니까 '대구'에서 출마를 하실 거라고 하셨지만, 제 이야기 속에서는 주인공이 대구, 아니, 한국이 아닌 개화기 시절의 조선이나 서구의 중세 기사시대를 표방한 이름 모를 대륙, 어쩌면 무협의 세계에서 이야기를 풀어낼지도 모른다는 겁니다. 게다가 요즘 유행에 맞게 작가인 저와 직접 인터뷰하는 모습도 끊임없이 삽입될 겁니다. 마치 난입하듯이 말이죠. 그래도 정말 괜찮으시겠습니까?"

"물론입니다. 그렇게 써서 대중들이 재미있게 읽기만 한다면 얼마든지요."

박경철의 망설임 없는 수긍에 수림은 바로 다시 눈을 내리깔았다. 이미 그의 머릿속에는 깊고 깊은 우물 하나가 그려졌고, 고요한 우물의 물결 위로 떨어지는 낡은 동아줄에 감긴 두레박이 떠올랐다.

첨벙.

1

이별, 그리고 입문

忠孝

01

"지금은 수성구 '중동'이 많이 으리으리해진 거죠. 대로변으로는 고층 건물들과 아파트, 오피스텔들이 있으니까요. 안쪽으로 이어진 골목으로도 현재 주택단지들 재개발이 차근차근 진행되고 있다고 봅니다. 그렇지만, 불과 삼, 사십여 년 전만 해도 동네가 전반적으로 훨씬 오밀조밀했습니다. 골목으로는 발 디딜 틈 없이 주택과 원룸들이 빽빽하게 들어서 있었고, 당연한 이야기지만, 대로변의 건물들도 높이가 훨씬 낮았죠. 그리고 그보다 더 이전, 그러니까 삼, 사십여 년 전에서 또 그만큼 이전에는 말입니다. 어땠는지 아십니까? 지금 수성구의 모습으로는 상상하기 힘드시겠지만, 나라 전체가 농경사회에서 근대화로 몸부림칠 때였으니까요. 동네에 우물이 있었습니다. 하하하, 지금은 칠백 세대, 육백 세대씩 모여서 고층 아파트를 세운 그 자리에 우물이 하나씩 있었다는 겁니다. 지금 생각해 보면, 다 할아버지 덕인 것 같습니다. 우리 집은 마을 공동 우물을 사용하지 않아도 되었거든요. 저희집 안 마당 한 편에는 우물이 있었습니다. 지금 생각해 보면, 모든 일은 그 우물에서 비롯된 게 아닐까 합니다."

박경철이 사무실을 떠나고 난 뒤부터, 수림은 해당 부분을 몇 번이나 되돌려 다시 들었다. 그는 대구에서 태어나 평생을 수성구에서 지낸 사람답게 꽤나 세세한 부분들까지 기억하고 있었다. 그 시절을 직접 살아본 대구 토박이가 아니라면, 좀처럼 상상하기 어려운 모습들을 곧잘 묘사하는 부분이 매력적이었다. 분명 미디어와 온라인에서 만들어진 이미지로만 대구를 인식하고 있을 요즘 세대들에겐 매우 생경한 이미지가 될 터였다.

수림은 그래서 고민하지 않을 수 없었다. 한 사람의 생애를 따라 대구라는 공간을 그대로 옮겨오더라도 현재를 살고 있는 독자들에겐 충분히 매력적인 요소가 될 수 있을 테지만,

그건 어디까지나 인내심이 있는 독자들, 클래식함을 즐기는 독자들에게만 유효한 이야기일 수가 있었다. 무엇보다 온라인 커뮤니티를 통해 혐오와 단절로 정치를 접하고 이해한 젊은 세대들에겐 대구라는 지명은 일차적으로 특정 정당만을 연상케 하는 힘이 있었다.

'나의 의뢰인은 현재 무소속. 원하는 것은 단지 화합과 평화. 프로는 고료를 지급받은 이상 그저 의뢰인을 위해 최선의 선택지를 찾아 이야기를 전하는 것에 충실해야 한다. 의뢰인이 원하는 건 일차적으로 재미다. 정치 이념 이전에, 누가 읽더라도 일단 읽히고 보는 재미. 그러기 위해서 굳이 대구를 대구라고 말할 필요가 있을까?'

수림은 이면지 꾸러미를 꺼내 책상 위에 올렸다. 녹음된 인터뷰 파일을 다시 들으며, 어떨 땐 빠르게 크로키를 하듯 그림을 그렸고, 어떨 땐 파일을 멈추고 뭔가를 길게 휘갈겨 적기도 했다.

'공간은 재구성하고, 인물은 중첩시키거나 일부 정보를 변형하자. 일련의 과정에서 독자에게 혼란이 될 만한 정보도 치

워버리고. 그래도 중심 사건과 소재, 전하고자 하는 메시지는 명확하기에 바뀌지 않을 테니까. 그러니 우물도 바뀌지 않겠지. 모든 일의 시작은 그 우물임에 틀림이 없으니까. 이야기 시작의 이미지는 명확해. 낡은 동아줄에 매달린 두레박이 깊고 깊은 우물 안에 떨어지면서부터. 청각을 자극하는 요소를 이미지로 각인시키면서 시작하는 거야.'

첨벙.

두레박의 나무 바닥이 조용하던 우물의 수면 위로 배를 들이밀었다. 차가운 파열음이 깊게 파인 우물의 벽을 타고 기어 올라왔다. 빛이 제대로 닿지 않아 시커멓게 보이는 우물물은 음산한 기운을 뿜어내며 우물 밖의 시선을 끌어당겼다.

"우웅?"

우물의 벽을 타고 기어 올라간 파열음과 음산한 기운이 가장 먼저 잡아당긴 건 아기였다. 고작 생후 36개월이나 되었을까? 쟁여진 돌을 밟고 올라와 우물을 내려다보는 아기의 두 눈은 밝게 빛나고 있었지만, 나머지는 모두 서툴렀다. 쟁여진 돌을 딛고 서 있는 두 다리의 움직임도, 체중을 버티려는 두 팔과 작은 가슴도, 그저 부들부들 떨리고 있었다. 이제 겨우 옹알이를 시작한 입술도 붕어처럼 뻐끔뻐끔 거리기만 할 뿐, 어떤 소리도 언어로 빚어내지 못하고 있었다.

덕분에 빨랫감을 챙기기 위해 잠시 자리를 비운 아기의 엄마는 아무것도 모르고 있었다. 머릿속엔 온통 때를 놓치기 전에 빨랫줄에 빨래를 다 걸어 말려야 한다는 생각뿐이었다. 오랜 장마 뒤에 겨우 화창하게 갠 하늘이었고, 밀린 빨랫감은 너무 많았다.

미숙하고, 연약하고, 모든 것이 서툰 아기지만, 모방욕구와 호기심 충족욕구만큼은 어떤 생물보다도 단순하고 강렬했다. 한여름의 더위를 피하기 위해 우물의 물을 길러 목을 축이던 아비의 모습, 집안 어른들의 모습. 비가 그치고 발밑에서부터 올라오는 습한 기운에 목이 탔던 아기가 두레박에 손을 뻗었던 건 그러니까 어디까지나 자연의 이치였다.

그리고 자연의 이치에 맞게, 물이 묻은 우물가의 돌은 아기의 강렬한 욕구만큼이나 미끄러웠다.

첨벙.

이번 파열음은 아기 엄마의 귀에 정확히 날아가 꽂혔다.

"마르코!"

그녀는 들고 있던 빨래바구니를 냅다 던지고는 한달음에 우물을 향해 몸을 날렸다.

"마르코! 어머나! 오, 신이시여!"

그녀는 그곳에서 기적과 충격, 공포를 동시에 목격했다.

"으아아아앙! 어어음마!"

놀란 아기는 숨을 거칠게 몰아쉬며 울음을 토해냈고, 그덕에 몸은 점차 물속으로 가라앉고 있었다. 다행인 건 놀랍게도 낙하하는 순간에 자기 몸뚱이만 한 두레박이나 거칠고 단단한 우물 벽면을 모두 피했다는 거다. 그야말로 기적이었다. 머리를 다치지는 않은 탓에 아기는 본능적으로 물속에서 몸을 놀려 상황을 대처할 수 있었다. 아기의 얼굴에서 붉은 피가 보이긴 했지만, 피가 뿜어져 나오는 상처는 머리가 아닌

눈두덩이 위였다.

아기의 엄마는 충격과 공포, 안도감과 극도의 불안함이 동시에 밀려오자 두 다리와 두 팔이 모두 덜덜 떨렸다. 당장이라도 주저앉을 것 같았지만, 그랬다가는 사랑스런 아기와 영영 작별하게 될지도 모른다는 두려움에 두레박 동아줄을 움켜잡고서는 고래고래 소리를 질렀다.

"마르코! 마르코! 어서 두레박을 잡으렴! 옳지, 그래! 나무를 잡아! 귀퉁이를 잡아!"

두레박이 뭔지, 나무가 뭔지, 귀퉁이가 뭔지, 아기는 하나도 알아들을 수가 없었지만, 아기의 본능은 다음 순간 무엇을 해야 하는지를 정확히 알고 있었다. 있는 힘껏 팔을 뻗어 두레박의 귀퉁이를 가슴 안으로 잡아당겼다. 본능에 의지하여 괴력을 쏟아내는 건 아기의 엄마도 마찬가지였다. 모름지기 아기를 키우는 여자의 몸이란 건 결코 성할 수 없는 법이다. 긴장감과 두려움으로 뼈의 마디마디가 욱신거렸지만, 아기의 엄마는 두레박의 도르래 고리를 있는 힘껏 잡아 돌리며, 그저 아기가 물에서 빠져나와 어서 빨리 제대로 호흡할 수 있기만을 간절히 바랐다.

"아아앙! 엄마! 엄마! 흐아아앙!"

여인은 오로지 발끝에만 시선을 두고 죽을힘을 다해 도르래 고리를 돌렸다. 그것만이 당장 할 수 있는 전부였다. 점점 아기의 울음소리가 가까워지자 그녀의 팔에서도 점점 힘이 빠져나가고 있었다. 위기였다. 아기가 본능적으로 두레박에 매달려 있다지만, 그 힘이 고작 얼마나 되겠는가? 어서 빨리 꺼내지 않으면, 다시 아기가 추락할지도 모를 일이었다.

바로 그때, 대문 밖으로부터 구원의 목소리가 들려왔다. 평소에는 조금도 반갑지 않았던 카랑카랑한 쇳소리. 시아버지의 친구인 이웃집 할아범의 목소리였다.

"어이, 늙은이, 아직도 낮잠을 자고 있는 겐가? 어이쿠, 아니! 이게 다 무슨 일이람!"

한쪽 귀가 멀기 시작한 노인네였지만, 우물에서부터 울려 퍼지는 아기의 울음소리조차 듣지 못할 정도는 아니었다. 할아범은 지팡이를 바삐 놀려 우물로 다가와 여인과 함께 도르래 고리를 잡아 돌렸다. 관절이 뜯어져나갈 것 같은 고통이 파도처럼 밀려왔지만, 당장 그런 건 아무래도 괜찮았다. 친구의 손자, 동네의 귀염둥이부터 살리고 볼 일이었다.

"이게 다 어찌 된 일이냐? 집에는 지금 아무도 없는 게야?"

늙은 탓에 다급하게 힘을 주어 손을 놀린다고 놀렸지만, 역시 몸보다는 마음이 먼저였고, 마음이 먼저이다 보니 말이 더 먼저 삐져나왔다. 그렇지만, 눈앞의 아기 엄마는 눈물을 흘리며 겨우겨우 도르래 고리를 잡아 돌릴 뿐, 어떤 말도 없었다.

"옳지! 다 올라왔어! 어디 보자, 마르코. 장하구나! 아주 장해! 어린놈이 지 할아비를 닮아 힘이 여간 아니야! 덕분에 살았구나!"

두레박에 매달려 올라온 아기를 보자 그제야 몸의 긴장이 풀린 여인은 아기를 향해 두 팔을 뻗어보지도 못한 채 주저 앉아버리고 말았다. 놀란 할아범은 냉큼 손을 뻗어 아기를 안아들었다. 그리고는 후들후들 떨리는 팔다리 덕에 불편한 자신의 몸을 우물 벽에 기대었다. 평소처럼 친구를 찾아왔다가 전혀 상상조차 해본 적 없는 일을 치른 탓에 그의 몸과 마음은 흥분으로 가득 차 있었다.

"미리암, 이게 다 무슨 일이냐?"

여인은, 미리암은, 그러나 대답하지 않았다. 아기가 살아났단 사실에 모든 긴장이 풀려버린 탓에, 어떤 대꾸도 하지 못하고 그저 바닥에 엎드려 눈물만 흘릴 뿐이었다.

"너, 설마, 그런 게냐?"

대답하지 않는 여인을 내려 보다 말고, 아무도 없는 집을 한 번 둘러본 할아범이 경악에 찬 얼굴로 여인을 다그쳤다.

"미리암! 그런 게야? 너 설마 네 배 아파서 낳은 자식이 아니라는 이유로 애를 우물에 빠트린 게냐? 그런 게냐고! 이런 천인공노(天人共怒)할! 이러면 네가 마녀랑 다를 바가 뭐냐!"

미리암은, 여인은, 그러나 대답하지 못했다. 아기를 구하기 위해 모든 진을 빼버린 미리암에게는 이제 아무것도 들리지 않았다. 아기가 당장 살아 돌아왔으니, 이미 그것으로 모든 게 충분했다. 주변의 오해 따위야 어찌 되든 문제도 아니었다. 사랑스러운 아기의 목숨을 눈가의 흉터 하나로 대신했으니 이런 기적이 또 있겠는가? 나머지는 시간이 흐른 뒤에 수습해도 늦지 않으리라.

미리암은 밀려오는 잠을 참지 못하고 그대로 눈을 감아 버렸다.

02

"마르코와 미리암? 제가 파일을 잘못 받은 건 아니죠?"

수림은 전화기 너머로 박경철의 얼굴 근육이 굳어지는 걸 느꼈다. 첫 원고를 확인해 달라고 파일을 넘긴 지 십 분도 지나지 않아 걸려온 전화였다. 시작 전에는 괜찮다고 했지만, 직접 결과물을 받아보니 생각했던 것보다 훨씬 갭이 있었으리라.

"이국적이죠? 정치인 자서전이나 자전적 소설이라고 하면 아무래도 대부분 틀에 박혀 있으니까요. 그것부터 정면으로 깨야 대중들에게 읽힐 수 있다고 봅니다. 성공사례가 없는 것도 아닙니다. 그것도 이미 삼십 년 전쯤이었어요. 1994년에 『대도무문』이라는 장편무협소설이 있었습니다. 무협소설답게 주인공 이름이 곡운성이었죠. 그런데 실제 모델은 김영삼 전 대통령이었습니다. 김대중 전 대통령은 담정, 박정희 전 대통령이 독고무적이었을 겁니다. 하여튼, 그렇게 무협소설 전체가 한국의 근현대사를 빗대고 있죠. 소설 후반부는 북한이 다시 남침을 한다는 가상 역사로 진행이 됩니다. 그러니까…"

"네, 무슨 말씀이신지 잘 알겠습니다. 아무래도 작가님이 프로이신데, 제가 괜한 말을 한 것 같군요. 혹시 모르니 주변에도 읽어보라고 파일을 돌려보겠습니다."

박경철의 목소리에서 다시 여유가 묻어났다. 수림은 사람 좋아보였던 그의 첫인상을 떠올리며 고개를 끄덕였다.

"아마 반응이 나쁘지 않을 겁니다. 제가 쓰긴 했지만, 저는 아마 기대 이상일 거라고 확신하는 쪽입니다."

"그럼, 미리암이 저의 어머니고, 마르코가 이복(**異腹**) 형님이 되시는 겁니까?"

"네, 정확히 그렇습니다."

"그런데 할아범이라는 인물은 사실과 다르네요. 정황상 누가 그때 그 사건을 보았을 거라고 추측하는 정도일 뿐입니다. 그리고 형이 우물로 떨어졌던 사건은 대략 형이 네, 다섯 살 때쯤이었다고 말씀드린 거 같은데요?"

수림은 물음에 망설임 없이 짤막하게 답했다.

"아, 소설이니까요. 그렇게 쓰는 게 더 재미있을 겁니다."

그 뒤로 둘은 인사를 위한 인사를 나누었고, 통화는 그렇게 끝이 났다. 수림은 통화를 마치자마자 휘갈겼던 메모들을 전부 꺼내 살폈다. 이면지 꾸러미 사이로 낙서처럼 휘갈겨 쓴 메모들 사이에서 수림은 '중동교 밑 나무'라는 메모를 발견했다. 수림은 재빠르게 몸을 놀려 이동식 화이트보드를 끌어와서는 그 가운데에 큼지막하게 '중동교 밑 나무'라고 옮겨 적었다. 그러고는 다시 주변으로 알 수 없는 사선을 그으며 알아보지 못할 단어들을 휘갈겨 썼다.

03

시간은 쉬지 않고 걸음을 서둘렀고, 뒤따르는 사람들은 순간을 즐기기에도 벅찼다. 덕분에 계절은 몇 차례나 바뀌었고, 마르코는 학교에 입학할 정도로 자라나 있었다.

주변인들의 염려와 달리 마르코는 우물 사건을 전혀 기억하지 못하는 것 같았고, 오히려 우물에 떨어지기 이전보다 훨씬 더 몸이 튼튼해졌다. 그 이후로는 별다른 잔병치레도 하지 않았고, 무엇보다 밝은 웃음을 잃지 않아 주변에 기분 좋은 따뜻함을 전해주기도 했다. 마르코의 부모는 처음 한동안은 아기가 너무 놀라 부정적인 어두운 기억에 마음이 갇히는 건 아닐까 걱정이 많았지만, 그건 쓸데없는 기우였다. 추락하는 과정에서 왼쪽 눈 위를 동아줄에 긁히는 바람에 흉터가 남았지만, 그 정도로 그친 것은 정말 기적과도 같았다.

계모(繼母)인 미리암은 그래서 매번 마르코에게 다음과 같은 말로 긍정의 기운을 북돋우었다.

"잊지 마라, 아가야. 하늘의 천사들과 우리의 신께서 항상 너를 지켜보고 있단다. 이 어미의 말이 의심스러울 때는 항상 네 눈 위의 흉터를 보렴. 울음소리 하나만으로 모두가 널 향해 달려왔을 만큼, 너는 사랑받고 있는 존재란다."

덕분에 마르코는 또래들보다 키가 컸고, 주먹도 단단했다. 그것만으로도 충분했을 텐데, 마르코는 학교에 다니기 시작하면서부터 여러 투기 종목 운동들에 큰 관심을 보였다. 그것도 거의 동시에. 마치 끝을 모르는 무한 사이클을 굴리듯 마르코는 여러 운동을 단박에 섭렵하려 했다. 어떤 식이었냐면, 하루는 줄넘기를 하는 듯하더니 다음날은 권투 글러브를 착용한 채 스파링을 했고, 유도 기술을 배우는가 싶으면, 주 짓수에 관심을 보였고, 다시 권투 글러브를 착용하나 싶으면,

단단한 나무에 킥을 날리며 무에타이를 연마하는 식이었다.

그렇지 않아도 또래보다 큰 키에 넓은 어깨가 더해지는 건 순식간이었다. 단단했던 주먹도 더욱 커졌다. 오래지 않아 또래들이 감히 말을 거는 것조차 조심스러울 정도가 되었다. 정말 어마어마한 덩치였다.

미리암은 그래서 매번 마르코에게 다음과 같은 말로 넘치는 기운을 다스릴 것을 권했다.

"주먹은 누군가를 돕기 위해서 쥐는 것이야. 아무 이유 없이 겨루어서 강함을 증명하는 건 정말 무의미하단다. 실생활에서는 주먹을 휘둘러봤자 형벌을 받을 일밖에 없거든. 그걸 꼭 명심하길 바라. 너의 일상은 링 위에서의 짧은 순간에 비해 훨씬 더 길단다."

마르코가 그렇게 정신없이 운동에 매진하고, 친구들과 어울려 하천(河川)을 찾아 뛰어놀던 날들은 봄날의 햇살 마냥 그저 따뜻하고 푸르른 날들이었다. 정말 미리암의 말처럼 마르코 주변에는 천사들이 함께했던 것일까? 그래서 천사들이 마르코뿐만 아니라, 가족들 모두에게 넘치는 에너지를 넘겨줬던 것일까? 마르코가 성장하는 동안 미리암은 애나와 해나라는 두 딸을 낳았고, 뒤를 이어 마태오라는 튼튼한 아들을 낳았다. 집안의 경사는 겹겹이 이어졌고, 마르코는 웃음이 마르지 않는 집이 좋았다. 특히 막내 마태오를 너무나 귀여워해서 때때로 운동을 하는 것조차 잊은 채 직접 아기를 업고 돌볼 정도였다. 그렇게 늘어난 식구 덕에 부모들은 고생을 해야 했지만, 그런 건 아무래도 상관없을 만큼 행복한 날들은 제법 꽤 오래 이어졌다. 어디서, 어떻게, 어째서 찾아든 행복인지도 모를 순간들이.

그리고 세상 많은 일들이 그렇듯이, 좋은 일, 좋은 순간들과 달리, 나쁜 일은 느닷없이 찾아와 명징한 악의를 칼날처럼 휘둘렀다. 아주 악랄하게.

막내 마태오가 이제 고작 아홉 살이 되던 해의 일이었다.

"제가 진짜 아버지의 아들인 건 맞습니까?"

저녁밥을 차리느라 부엌에서 한창 맛있는 냄새가 날 때였다. 막내 마태오는 밥상 위에 무슨 반찬이 올라올지 궁금해 부엌을 기웃거리고 있었고, 해나와 애나는 미리암을 도와 접시와 그릇을 나르고 있었다. 그러니까 평소처럼 모두가 제자리를 지키고 있었을 때, 마르코는 자리를 벗어나 아버지인 사이먼 앞에서 이빨을 드러내고 으르렁대고 있었다.

"그게 무슨 헛소리야?"

사이먼은 온몸으로 적의를 내뿜고 있는 아들을 돌아보지도 않은 채 그저 발톱을 깎고 있었다. 언제부터인지 갑자기 나빠져 잘 보이지 않는 왼쪽 눈 덕에 사이먼은 많은 면에서 허술해져 있었고, 그 순간도 크게 다르지 않았다. 사이먼은 살을 파고 드려는 왼쪽 엄지발톱을 조심스레 달래며 깎아내는 것에만 오롯이 집중했다. 한 번에 두 가지 일을 소화하기 어려울 정도로 당시에 이미 그의 사위는 매우 좁아져 있었고, 신경도 그에 맞게 매우 느슨해져 있었다. 그러니 그는 아들이 살의에 가까운 적의를 뿜어내고 있는데도 눈치를 채기는커녕 일단 문제의 발톱부터 깎아내고 대화든, 뭐든, 했으면 하는 생각뿐이었다.

그렇게 사이먼의 둔해진 신경 탓에 마르코는 더욱더 화가 끓어올랐다.

"그럼, 저 여자가 제 어미인 건 맞습니까?"

딱.

발톱이 깎여나가는 소리. 그리고 사이먼의 이성의 끈이 떨어지는 소리.

이번에는 사이먼도 마르코의 말을 똑똑히 들었다. 마르코가 우물에 떨어졌을 때 벌어진 기적처럼, 악랄한 악의가 우연을 몰고 와서 그들을 갈라버렸다. 때를 맞춰서 사이먼의 발톱이 깎였고, 그 찰나에 마르코의 말이 사이먼의 귀에 정확히 가서 닿은 것이다.

딱.

사이먼의 손에 들렸던 손톱깎이가 날아가 마르코의 이마에 부딪히는 소리.

그마저도 왼쪽 눈의 시력을 잃은 탓에 왜곡된 균형감각은 마르코의 이마 정중앙이 아닌 오른쪽으로 치우진 어디쯤을 때렸다. 마르코는 참지 않고 괴성을 질렀고, 바위만큼 묵직한 주먹을 쥐어서는 있는 힘껏 벽면을 후려갈겼다.

쿵.

부엌에 있던 마태오가 굉음에 놀라 자빠지며 엉덩방아를 찧었다. 애나도 들고 있던 접시를 깼고, 해나도 수저를 떨어트렸다. 혼란 속에서 침착함을 유지하는 건 미리암뿐이었다. 미리암은 두 팔을 벌려 아이들을 끌어안고 몸을 웅크렸다.

"저 여자가 제 어미인 건 맞느냐고 했습니다!"

"어디서 무슨 소리를 듣고 와서 패악질인 게야!"

콰앙.

방문이 잠기는 소리가 들렸고, 사람의 살을 손바닥으로 후려치는 소리와 물건 깨지는 소리가 섞여 꽉 닫힌 방문 사이를 비집고 나왔다. 그럴 때마다 어린 마태오는 불덩이가 몸 위로 떨어지는 것 마냥 화들짝 놀라며, 몸을 벌벌 떨었다. 애나는 해나의 팔을 끌어안고, 해나는 마태오의 팔을 끌어안고, 다시 마태오는 미리암의 목을 끌어안았다. 그렇게 그들은 소란 속에서 숨을 죽이며, 느닷없이 펼쳐진 지옥의 풍경이 어서 사라지길 바랄 뿐이었다.

그렇지만, 행복과 달리 불행은 마지막 순간까지 잔인하다.

다시 쾅하고 방문을 열어젖히는 소리가 들리나 싶더니 화를 숨기지 않는 발걸음 소리가 쿵쾅쿵쾅 부엌으로 이어졌다. 아이들은 더더욱 미리암의 품 안으로 파고들었고, 미리암은 눈물 젖은 얼굴로 곧 나타날 마르코의 얼굴을 기다렸다. 그리고

마르코가 벌겋게 부어오른 오른뺨과 흐트러진 셔츠를 숨기지 않은 채 부엌문을 열어젖히며 나타났을 때, 미리암의 눈물 젖은 얼굴과 고개 숙인 동생들이 그의 두 눈에 빠르게 날아와 박혔다. 마르코는 다음 순간 입술을 꽉 깨물었다. 어찌나 세게 깨물었는지, 윗니와 아랫니가 틀어지는 느낌이 들 정도였다. 이윽고 마로코는 자신 안에서 솟구치려는 모든 감정과 소리들을 무시하고 마음을 닫아걸었다. 마르코의 눈에 날아와 박힌 모습. 마지막으로 목격한 그 모습은 단단한 경계선, 울타리 안으로 숨어든 순한 양떼들이었다. 한자리에서 어울릴 수 없는 늑대와 양.

마르코는 그 순간에 거리에서 주워들었던 모든 풍문을 인정하게 되었다.

'저들과 나는 다르다, 남이다. 봐라, 지금도 난 울타리 밖에

서 안을 노리고 있는 늑대이지 않은가?'

미리암은 목구멍까지 울음이 차올라 어떤 말도 꺼내질 못했다. 그저 우물 안에서 마르코를 끌어올린 그날, 그날 그 자리에서 적극적으로 해명하지 않았던 자신이 원망스러울 뿐이었다. 마르코는 그런 미리암을 두고 말없이 뒤로 돌아 자리를 떠났다.

다음 순간 찾아든 고요와 적막이 너무 낯설고 두려웠던 막내 마태오는 마침내 울음을 터트리고 말았다.

04

우물에서 떨어졌어도 마음에 어둠 한 줌 없이 자라났던 마르코와 달리 마태오는 그날의 충격에서 벗어나지 못하고 마음속에 어둠을 불러들였다.

'형이 또 돌변해서 난리를 피우면 어떻게 하지? 누가 형을 말릴 수 있을까?'

마태오는 가장 먼저 아버지 사이먼을 살펴보았다. 논밭에서 쉴 새 없이 일하던 아버지의 등은 이미 굽어 있었고, 논바

닥처럼 갈라진 손은 그 자체로 곧 부서져 내릴 모래덩어리처럼 보였다. 무엇보다 왼쪽 눈의 시력을 잃어가고 있는 탓에 균형 감각이 형편없었다. 걸음을 걷다가도 몸을 돌릴 때면 여기저기 부딪히는 일이 잦았다. 지난번에는 홧김에 아버지가 형의 따귀를 날렸다지만, 다음번에는 형이 먼저 아버지에게 손찌검을 할지도 모를 일이었다. 그럼, 과연 아버지가 다시 맞받아칠 수 있을까?

어린 마태오에게 형은 이미 예전의 형이 아니었다. 그날 이후로 마태오에게 형은 무슨 일을 저질러도 전혀 이상할 게 없는 완전히 미친 사람과도 같았다. 마태오에게 마르코는 실재(實在)하는 생애 첫 공포의 대상이자 두려움, 그 자체였다.

'형은 동네 어른들도 함부로 어찌하지 못할 정도로 강하잖아. 그런데 우리 가족 중에 누가 당해낼 수 있겠어? 그래, 아빠로는 무리야. 엄마는 말할 것도 없고. 누나들은 그런 엄마보다도 못하고. 이젠 나라도 정신을 바짝 차려야 해.'

그렇지만, 결심과 달리 어린 마태오가 어떻게 형으로부터 가족들을 지킬 것인지, 그 방법에 대해서는 구체적으로 떠오르는 바가 전혀 없었다. 그저 '형처럼 강해지자. 형보다 더 강해지자'라는 말만 머릿속에 떠오를 뿐이었다.

마태오가 그런 생각에 빠져 마음속에 어둠을 키우는 동안 마르코는 불규칙하게 집을 드나들었다. 최대한 가족들과 마주치지 않는 시간대를 노려 이것저것 짐을 챙기거나 썼던 물건을 제자리에 돌려놓기 위해서였다. 누구와도 마주치지 않았고, 최대한 흔적을 남기지 않았던 탓에, 대체 마르코가 어디로 나돌고 있는 것인지는 가족들 중 그 누구도 짐작조차 하지 못했다. 짙게 깔린 안개 덕에 한 치 앞도 살필 수 없는 날들. 아들의 속을 들여다 볼 수 없는 나날은 바로 그런 날이었다. 생계를 위해 밭에서 일하는 걸 무엇보다 중히 여기는 사이먼이었지만, 겉돌기 시작한 아들은 논이나 밭보다도 훨씬 더 중대한 문제였다.

사이먼은 독하게 마음을 먹었다. 밭일에서 손을 떼고 며칠이나 마르코가 다니던 학교와 주변, 동네 친구들을 다 수소문하고 다녔다. 하지만 어떤 실마리도 찾질 못했다. 다들 정말 몰라서 모른다고 하는 것인지, 알면서도 모른다고 하는 것인지, 이미 또래들 사이에서 마르코는 깔끔하게 지워져 있었다.

"어쩌면 마르코가 이미 여기가 아닌 전혀 다른 지역에 거처를 마련했을지도 모르겠어. 아니고서는 다들 모른다고 하는 게 말이 안 되잖아."

사이먼의 굽은 등이 더욱 굽어보이던 날 밤, 길고 긴 한숨과 함께 미리암의 주름진 손을 잡고 사이먼이 읊조리듯 흘린 말이었다. 미리암 역시 이미 거기까지 생각했다는 듯 고개를 가만히 끄덕였다.

"그래도 먼 곳에 있지는 않은가 봐요. 우리가 없을 때, 종종 다녀가잖아요."
"그래서 더 이상해. 어째서 마주친 사람이 없을 수 있냐고? 사람은 무엇이든 흔적을 남기기 마련인데, 어떻게 사람이 이렇게 연기처럼 사라져서는 멋대로 드나들 수 있냔 말이야?"

가족들과 마르코의 괴이한 숨바꼭질은 그렇게 몇 달이나 더 지속되었다. 그 시간 동안 마태오는 형의 방을 드나들었다. 그곳에서 마르코의 땀 냄새가 밴 글러브를 만져보았다. 마음이 이상하게 요동쳤다. 마태오의 눈앞에 울먹이던 누나들의 얼굴과 가냘픈 팔들, 그리고 그를 단단히 감싸주던 엄마의 팔이 떠올랐다.

'그래, 당장 뭐라도 해야 해. 내가 가족들을 지켜야 해!'

마태오는 자리에서 벌떡 일어나 밖으로 뛰쳐나갔다. 아직 다 자라지도 않은 가느다란 다리를 내뻗어 달리자 금방 숨이 가빠졌다. 몸에서 피가 솟구치며 열이 타오르는 듯했지만, 마태오는 멈추지 않았다. 마태오가 봤던 형은 하루에도 곧장 몇 킬로미터를 가뿐하게 뛰었다. 고작 몇 백 미터도 달리지 못하고 제자리에 멈출 수는 없었다.

그렇게 온몸이 땀에 젖어 차갑게 식어 내린 건 옆 동네로 이어지는 다리 밑에 이르러서였다. 마태오의 걸음이 멈춘 곳에는 세월을 가늠하기조차 힘들 만큼 오래된 나무가 있었다. 몇 해 전 강풍에 나뭇가지들이 꺾여버린 이후로 지금은 마을 사람들 손에 몸뚱이가 다 잘려나가고 뿌리와 밑동만 남은 늙은 나무였다. 마태오는 숨을 가다듬고 나서 나무 밑동을 마주 보고 섰다. 이제는 다 늙어서 몸뚱이를 다 내어줬다고는 해도 그 밑동조차도 옮기려면 장정 네, 다섯을 한자리에 모아야 할 만큼 둘레가 두터웠다. 나무를 잘라낼 때도 나무가 너무 두꺼워서 일하던 인부가 죽어나갈 정도라고 했으니, 이 나무의 단단함에 대해서는 굳이 따로 더 말할 필요가 없으리라.

마태오는 나무 밑동으로 다가가 손을 뻗었다. 더듬더듬. 어떤 흔적을 찾듯이 이제 겨우 하천의 돌멩이 크기와 견줄 만한 작은 손으로 열심히 늙은 나무의 껍질을 만졌다. 그러다 옆으로 두어 걸음을 옮기고 나서야 원하던 흔적을 찾을 수 있었다. 그건 형인 마르코가 남긴 흔적이었다. 무에타이 킥을 단련하기 위해 나무 밑동을 걷어찼던 흔적. 마태오는 껍질이 벗겨진 그 흔적에다가 자신도 발차기를 날렸다.

퍽. 퍽.

젓가락처럼 앙상한 발로 요령도 없이 무작정 걷어차니 금방 정강이에 시퍼런 멍이 들었다.

퍽. 퍽.

그렇다고 멈출 생각은 전혀 없었기에, 마태오는 바로 반대 발로 밑동의 반대편을 걷어찼다. 역시 반대편 발에도 금방 멍이 들었다.

퍽. 퍽.

이번에는 두 주먹을 꽉 쥐고 내질렀다. 빈약한 주먹 여기저기에 껍질이 벗겨지고 핏방울이 맺혔다. 어린 마태오는 그 와중에 자신의 마음이 왜 들끓어 오르고, 자꾸 눈물이 나오려고 하는지 이해할 수 없었다. 그런 마태오의 마음을 그나마 짐작이라도 할 수 있었던 사람은 미리암뿐이었다.

"아! 네 마음에도 피멍이 들었겠구나. 불쌍한 나의 아들아!"

해가 진 뒤, 한참 후에야 나타난 마태오의 몰골을 보고, 미리암은 눈물을 감출 수 없었다.

05

타이핑을 멈추고 파일을 저장했지만, 수림은 자리에서 일어나지 않았다. 잠시 무거워졌던 마음을 달래기 위해 시간이 필요했던 것이다. 이제는 다 식어버리고 향만 남은 원두커피를 홀짝였다. 역시나 맛이 없다. 맛이 없는 커피가 컵 가득히 남아버렸다. 수림은 커피를 개수대에 흘려버리며, 자신의 어두워진 마음도 함께 흘려내려가길 바랐다. 그렇지만, 조금 전까지 수림이 빙의했었던 어린 마태오의 영혼은 그걸 쉽게 허용하지 않았다. 다듬어지지 않은 어린 영혼이었던 만큼 마태오의 욕망과 두려움, 공포, 슬픔, 분노는 순수하고 강렬했다.

수림은 어렵게 사무실 문을 열고 나가 쏟아지는 뜨거운 햇살 아래에 몸을 말렸다.

"방금 파일 보내드렸습니다. 하하, 걱정 마세요. 진도는 잘 나가고 있습니다. 네, 다음 인터뷰는 제가 댁으로 찾아뵙도록 하겠습니다."

괜히 의뢰인과 서둘러 통화를 했다. 이제 곧 아이가 어린이집에서 하원을 할 시간이었다. 자신이 발을 딛고 서 있는 일상으로 얼른 돌아오지 않으면, 아이에게 우울함을 흘리게 될지도 모른다. 아니, 어지러운 마음이 오늘 꿈자리까지 이어질지도 모를 일이었다.

수림은 괜히 걸음을 옮겨 근처 편의점에 들어섰다. 그곳에서 괜히 바나나맛 우유를 하나 사고, 낯이 익은 점장과 가볍게 인사를 나눈 뒤 사무실로 돌아왔다. 이제 겨우 일상에 다시 발을 디딘 기분이었다. 수림은 나지막하게 탄식을 내뱉은 뒤 디지털 녹음기를 꺼내 녹음된 파일을 재생시켰다.

'처음으로 시작했던 건 대부분의 아이들이 그랬듯이 저도 태권도였죠. 그러고는 쿵푸 도장에 갔어요. 그때가 한창 이소

룡, 그러니까 부르스 리의 영화로 뜨거웠을 때죠. 애들 다 돌릴 줄 몰라도 쌍절곤은 하나씩 옆구리에 차고 다니고. 하하하, 그런 시절이었죠. 당시에는 지금처럼 이소룡의 무술을 절권도라고 한다, 뭐, 이렇게 정식 명칭으로 알려진 것도 아니었어요. 그저 홍콩영화, 액션영화라고 하면 다 쿵푸영화라고 했죠. 그래서 체육관도 쿵푸 도장이라고 했고. 실제 가보면, 태극권부터 해서 뭐, 당랑권, 팔괘장, 영춘권 같은 각종 대륙의 무술을 다 배울 수 있었는데, 그렇다고 쿵푸 도장은 그렇게 오래 다니진 않았어요. 태권도나 쿵푸보다 제가 오래도록 수련했던 건 합기도였습니다. 그곳에서 인생의 스승님을 만났거든요. 아, 그리고 합기도에서도 쌍절곤을 가르쳐주기도 했고요. 하하하.'

수림은 고개를 끄덕이고는 이면지 꾸러미를 꺼내 '우유'라고 메모를 했다.

06

주먹과 정강이가 퉁퉁 부어오른 채 돌아온 마태오를 보고 눈물을 흘리며 안아줬던 미리암과는 달리 사이먼은 별다른 말이 없었다. 대신 조용히 마태오의 상처가 아무는 걸 기다려 주었다. 그리고 마태오가 다시 주먹을 쥘 수 있을 때쯤이 되었을 때, 인근에 새로 생긴 체육관으로 데리고 갔다.

"주먹을 휘두르고 싶다면, 제대로 배우고 난 뒤에 휘두르든지 해. 어설프게 하면 그때처럼 크게 다치기만 할 뿐이야."

체육관은 사람들에게 익숙하지 않은 낯선 무술을 수련하는 곳이었다. 사각형으로 각진 공간은 텅텅 비어있었고, 공간을 채운 물건은 바닥에 깔린 촌스러운 녹색 매트리스와 정면 한가운데에 걸린 조국의 국기가 전부였다. 덕분에 국기가 주는 인상은 평소보다 갑절로 무겁게 느껴졌다.

마태오 역시 말로 표현하기 힘든 위압감에 눌려 저절로 어깨가 움츠러들었다.

"안녕하세요, 반갑습니다. 저는 관장 가브리엘입니다. 이쪽으로 드시죠."

벽면이 모두 단단히 막혀있는 줄로만 알았는데, 왼편 한쪽에서 문이 열리며 사람이 나타났다. 가브리엘은 사이먼과 마태오를 반갑게 맞이하며, 그들을 문 안쪽으로 안내했다.

"제 아들 녀석입니다. 마태오라고 하죠. 녀석의 형이 몸 쓰는 운동을 곧잘 해서 그런지 이 녀석도 최근에 흉내를 내기 시작했더라고요. 주먹과 정강이를 보면 아실 겁니다. 어린놈이 겁도 없이 어딜 멋대로 후려쳤나 봅니다."

가브리엘은 마태오의 주먹이 아닌 눈을 먼저 바라봤다. 긴장감에 잔뜩 굳어있는 어린 소년을 위해 가브리엘은 빙긋이 웃어보이고는 솥뚜껑 같은 넓적한 손바닥을 내밀어 보였다. 마태오는 옆에 앉은 가브리엘의 눈치를 살피며 상처투성이의 손을 내밀어 보였다.

"뼈가 붙어있는 게 다행일 정도구나. 굉장히 화가 났나 본데? 그래도 사람을 때리지는 않은 걸 보니 해서는 안 될 짓은 구분할 줄 아는 영리한 녀석인 것 같은데? 이름이 마태오라고 했지? 반갑구나. 나는 오늘부터 너의 무술 친구가 되어줄 가브리엘이라고 한단다."

어깨 근육 덕에 곰처럼 등이 굽어보이는 가브리엘이 마태오의 조막만 한 손을 잡고 흔들었다. 마태오의 어깨가 저절로 출렁거렸다. 그렇지만, 조금도 싫지는 않았다.

"시작 전에, 혹시 합기도가 어떤 무술인지는 듣고 오셨습니까?"

"전혀요."

"짧게 소개해 드리자면, 방어술과 관절기를 바탕으로 한 호신술입니다. 잘 모르는 사람들은 바다 건너 섬나라에서 건너온 무술이라고 하지만, 사실은 그것과 다릅니다. 우리나라와 워낙 가까운 곳이다 보니 어느 한쪽이 원류라고 따지기 애매한 부분들이 있습니다. 정확히는 서로가 영향을 주고받았다고 봐야 합니다. 무엇보다 무술의 창시자는…"

"괜찮습니다. 저는 그런 건 전혀 궁금하지 않습니다. 그냥, 아이가 이곳을 다니면 좋은 영향을 받을 수 있을까요? 그럴 수만 있다면 그걸로 충분합니다."

"그래서 세세히 말씀드리고 싶었습니다. 이곳은 무도(武道)에 진심이었던 무도인들이 세대를 이어가며, 뜻을 모아 세운 도장입니다. 제대로 된 무술, 실전에서 빛을 발하는 호신술을 가르쳐주는 곳이라는 거죠. 그것도 마태오처럼 덩치가 작고 힘이 약한 아이들에게는 더할 나위 없이 유용한 기술들을 말입니다. 합기도는 상대의 힘을 역으로 이용해 제압하는 무술이니까요. 게다가 여기서는 기본적으로 검도(劍道)도 가르치고 있습니다. 검(劍)이란 예로부터 생과 사를 가르는 무기. 그러니 그만큼 검 앞에서의 예절이 중요하고, 검을 대하는 정신이 무엇보다 무겁고 단단해야 하는 법이죠. 그러니 걱정하지 마십시오. 아이 안에서 들끓고 있는 화(火)는 수련을 시작하면, 금방 꺼지게 될 겁니다."

마태오는 어른들의 대화를 다 이해할 수는 없었지만, 하나는 제대로 새겨들었다.

'상대의 힘을 역으로 이용해서 제압한다고? 그래, 잘 됐어. 아주 잘 됐어! 제대로만 익히면 내가 형을 제압할 수도 있다는 거잖아!'

사이먼은 그런 마태오의 속을 알 길이 없었다. 그저 막내는 형과 달리 체계적으로 무술을 익혀 마음속에 어떤 어둠도 뿌리내리지 않기를 바랄 뿐이었다. 가브리엘은 사이먼이 아이의 등록을 두고 잠시 고민하는 모습을 보이자 자리에서 일어나 목을 축일 것을 꺼내왔다. 하얀 빛깔에 고소한 향이 타고 흐르는 우유였다. 마태오는 기쁜 마음으로 덥석 잔을 받아들었다. 그 모습을 본 사이먼이 이윽고 결심을 굳힌 듯 점잖게 고개를 끄덕였다.

"마태오는 이미 이곳이 마음에 들었나 보군요. 제가 잠시 괜한 고민을 했네요."

사이먼의 말에 검은 피부의 가브리엘이 환하게 웃어보였다.

정작 그 순간의 주인공이었던 마태오는 그때를 제대로 기억하지 못한다. 갈증이 나던 차에 만난 시원한 우유 한 잔에 정신이 팔려서 어른들의 대화 따위는 한 귀로도 듣지 않았기 때문이다. 입가로 하얀 우유가 묻어나 흘러내려도 조금도 신경 쓰지 않을 정도였다. 훗날 어른이 된 마태오는 그 순간에 우유만 벌컥벌컥 들이켰던 어린 날의 철없던 자신을 곧잘 나무라곤 했다. 그럴 수밖에.

그날은 마태오가 인생에서 첫 번째 참스승을 만난 날이었다.

07

"그래서 초등학교 때 기본적인 운동들을 했다고 한다면, 제가 진짜 운동을 하기 시작했다고 스스로 느낀 건 중학교 때 쯤이라고 할 수 있겠네요. 그때 저를 가르쳐주신 분들이 박병관 관장님과 정승원 관장님이셨습니다. 특히 정승원 관장님이 각별하죠. 전 그분에게 정말 많은 걸 배웠고, 도움도 많이 받았습니다. 제가 체육관을 운영할 수 있었던 것도 다 관장님 덕이었죠."

수림은 지금까지 메모하던 메모지를 치우고 깨끗한 메모지를 새로 꺼내들었다. 그러고는 디지털 녹음기에 기록된 시간을 보고서는 메모지에 옮겨 적었다. <3번 파일. 13분 25초부터. 사제지간 에피소드.>

"그럼, 기억에 남는 에피소드 같은 게 참 많겠군요."

본격적으로 메모할 준비를 마친 수림이 자세를 고쳐 잡았다.

"에피소드라고 하면 말하기가 어렵지만, 제가 관원들을 교육할 수 있었던 건 다 관장님의 가르침 덕이었습니다. 실제 제가 배운 대로 가르쳤으니까요. 그리고… 아, 기억에 남을 만한 거라면, 저와의 직접적인 일은 아니었지만, 제가 제 스승을 우러러 보게 된 사건이 하나 있긴 했습니다. 그때만 해도 제가 나이가 어렸으니 정확한 경위까지는 다 기억하거나 알진 못하지만… 당시 제가 다녔던 건물에 박병관 관장님이 한 층에서 검도를 가르치셨고, 정승원 관장님은 다른 층에서 합기도와 격투기 체육관을 하셨거든요. 그러다 정승원 관장님이 건물을 인수하셨던가? 아님, 건물까지는 아니고 그냥 박병관 관장님의 체육관을 인수하셨던가? 뭐, 그런 걸로 압니다. 그런데 그때 정승원 관장님께서 박병관 관장님 체면도 다 챙겨

주시고, 함께 애들 가르쳤으면 한다면서 자리를 하나 만들어 주신 것 같아요. 계속 관원들에게 검도를 별도로 지도할 수 있게끔 해주셨다는 거죠. 지금 생각해보면 그릇 자체가 다르셨던 분이었어요."

"아, 그러니까 요즘 식으로 보자면, 내가 여기를 인수했으니 이제 자리를 비켜 달라. 내가 확장해서 쓰겠다. 뭐, 이런 게 전혀 아니었다는 거죠? 오히려 제가 인수했지만, 선배님은 어디 떠나지 마시고 그냥 평소처럼 우리 관원들에게 검도를 가르쳐주셨으면 한다? 체면을 차려주셨다고 하니 어찌 보면 단순 사범 격이지만, 일반적인 사범 대접과는 또 전혀 달랐을 테고요."

"네, 네! 바로 그런 겁니다."

박경철은 마치 과거의 한 장면을 지금 바로 옆에서 지켜보기라도 하듯 시선을 먼 곳으로 두고 슬며시 입가에 미소를 피웠다. 잠시 엿보인 태도만 보더라도 정말 그는 스승을, 스승에게 가르침을 받던 그 시절을, 여전히 아름답게 간직하고 있음을 알 수 있었다.

"당연한 말이지만, 그렇다고는 해도 두 분끼리의 일이었으니 뭐, 월세를 어찌했다거나 급여를 어떤 식으로 챙겨드렸다거나 그런 자세한 내막 같은 건 또 전혀 모를 일이죠?"

"그건… 그렇죠. 하하하, 솔직히 그런 건 당시에 어른들의 문제이지 제가 직접적으로 알 수 있는 영역은 아니었죠."

"아, 혹시 그 당시 도장의 간판 같은 건 기억이 나십니까?"

"영남체육관이었습니다."

거기까지 들은 수림은 갑자기 과거를 제대로 추적해보고 싶은 욕구가 치밀어 올랐다. 보다 더 객관적으로, 보다 더 많은 정보량으로 과거의 퍼즐들을 맞춰보고 싶다는 욕구. 그렇지만, 그건 다 부질없는 욕심이었다. 현실적으로 시간은 그때로부터 이미 너무 많이 흘렀고, 당사자들도 이미 은퇴하여 세상을 떠난 지 제법 되었다. 그렇다고 그들의 가족에게 찾아간들, 당사자들이 아닌 이상에야 또 반쪽짜리 기억만 담을 게 뻔했다. 그리고 무엇보다 중요한 건 당시에 그들 스승끼리의 대화 같은 게 아니다. 그들 스승이 의뢰인에게 어떤 영향을 줬었고, 의뢰인은 그 이후로 어떤 선택을 했는지가 관건이다.

수림은 혼자서 괜히 고개를 저어보였다. 그가 집중해야 할 부분은 이야기를 풍성하게 꾸며줄 자잘한 요소들보단 의뢰인의 성장, 그것과 관련된 모든 것이었다.

"스승님들에 대한 존경심은 제가 잘 알겠습니다. 그렇지만, 소설 속에서는 스승님들이 아니라, 그분들의 좋은 점, 혹은 뚜렷한 개성이라 할 만한 부분들만 모아서 한 명의 스승처럼 묘사하겠습니다. 등장인물이 많아도 독자들은 어려워하거든요. 직관적으로 빠르게 이해되는 쪽을 원하죠."

"그런 기술적인 부분은 전적으로 작가님에게 맡기도록 하겠습니다. 다만, 스승님들을 욕보일 만 한 건 조금도 적지 않아주셨으면 합니다. 제가 그분들의 사생활 면면까지는 다 알지 못했지만, 적어도 체육관 안에서만큼은 누구보다 인자하시고, 강인하셨던 분들이었습니다. 그건 틀림없습니다. 그분들의 가르침대로 저도 관원들을 교육시켰으니까요."

"잘 알겠습니다. 마침 말씀이 나와서 하는 말인데, 관원들을 교육시켰던 모습들, 에피소드들은 다음 시간에 다시 듣도록 하겠습니다. 아무래도 그건 조금 더 뒤에 나올 일들 같으니까요."

수림은 말을 마치고 녹음기를 껐다. 당장 사무실로 돌아가서 쓰고 싶은 내용들이 머릿속에서 마구 뛰어다녀 어지러울 정도였다. 겨우 정신을 차리고 자리에서 일어나 인사를 나누었을 때, 수림은 자신들의 머리 위로 부서져 내리는 햇살에 순간 정신이 아득해졌다. 몽롱함 속에서 수림은 체육관 매트리스 위로 내려앉은 햇살을 봤고, 벽에 국기를 걸어둔 액자가 빛에 반사되어 하얗게 지워진 모습을 보았다. 그리고 귀를 때리는 한 남자의 굵고, 짧은, 강력한 기합.

이야압!

덩치 큰 사내의 깔끔한 도복 위로 조용히 내려앉는 먼지들까지 보인다는 생각이 들었을 땐 이미 자동차의 시동을 걸고 난 뒤였다. 수림은 문장(**文章**)이 달아날까 두려워 급히 엑셀을 밟았다.

08

어린 마태오에게 체육관은 신비로운 곳이었다. 관원들이
모두 모였을 땐 시끌벅적해서 항상 신이 났지만, 운동을 마치
고 관원들이 떠났을 땐, 세상 어디보다 조용한 곳이었다. 그
러니 소음과 고요가 함께 있는 곳이었고, 친구와 고독이 함께
있는 곳이었으며, 단단한 기합의 공력과 평온한 내공이 함께
어우러진 곳이었다.

하이얍!

마태오는 가브리엘 관장을 흉내 내며 빠르게 주먹을 내지르는 척하더니 곧장 뒤꿈치가 전방을 향하도록 발을 힘차게 들어 올렸다. 그러나 그것도 잠깐. 순식간에 방향을 꺾어 틀어서 차는 동작으로 바꾸었다. 기본적인 발차기이면서도 초보자들은 쉽게 따라 하기가 힘든 '뒤꿈치 차 돌리기'였다.

'아니야, 이것보다 훨씬 깔끔한 자세였어. 방향을 아주 쉽게 트셨단 말이야.'

체육관에서 가장 신비로운 건 아무래도 역시 관장인 가브리엘이었다. 그는 태산 같은 덩치를 가지고 있었지만, 보기와 다르게 누구보다 민첩했고, 손은 굳은살과 상처들로 거칠었지만, 그 끝에 닿는 것들은 부러지기보단 반듯하게 펴지거나 다시 채워지는 것들이 훨씬 더 많았다. 대표적으로 그의 도복이 그랬고, 아이들이 망가뜨린 문 손잡이, 그리고 탈의실의 옷장이 그랬다. 때로는 그런 손으로 아이들의 정신을 어루만져 주기도 했다.

"다들 물자를 아껴서 쓸 수 있길 바란다. 우리가 만지는 대부분의 물건들이 누군가가 애써 마음을 쓰고, 열정을 다해서 만든 것들이란다. 그러니 우리는 그 마음을 존중해줘야 마땅하겠지."

"에이, 설마요. 다들 그냥 돈을 벌기 위해서 만들거나 파는 것들 아닌가요? 그럼, 적당히 쓰고 망가트려서 버려야 우리가 또 사줄 수가 있는 거 아닌가요?"

이제 막 머리가 굵어지기 시작한 어린 애들 중에는 간혹 자신이 무리 중 제법 똑똑하다고 착각하는 녀석들이 있기 마련이었다. 그런 아이들은 툭하면 어른들을 비웃거나 자신이 대단한 진리를 알고 있는 것처럼 뻐기면서 말할 때가 많았는데, 가브리엘은 그런 터무니없이 미련한 언행 앞에서도 항상 구김없는 얼굴로 하나같이 다 진지하게 대꾸를 해주었다.

"그럴 수도 있겠지. 그렇지만, 돈을 벌 수 있다고 해서 자신의 손으로 만든 물건이 형편없는 취급을 당하게 된다면, 기분이 마냥 좋을 수는 없을 것 같구나. 당장 나만 하더라도 너희가 지금처럼 팔푼이 같은 짓을 종종 한다는 걸 너무나 잘 알고 있지만, 어디 다른 곳에 가서 팔푼이라고 손가락질 당하는 건 조금도 기분이 좋지 않거든. 하물며, 돈까지 받고 행한 일들이 내가 없는 곳에서 그런 대접을 받는다 생각을 해보렴.

나라면, 그 사실을 알게 되었을 때부터 분을 참기 힘들 것 같구나."

말을 마친 가브리엘은 정말 속이 상한 것처럼 괜히 기합을 실어 허공에 발차기를 날려보았다. 발이 유연하게 쫙쫙 뻗어서 올라갔다가 궤적을 사선으로 그리며 떨어질 때면, 입가를 이죽거리던 아이들도 조용히 시선을 내리깔게 되었다. 누가 먼저라고 할 것도 없이. 그래서였을까? 마태오는 어느 순간부터 그런 가브리엘을 진심으로 존경하고 있었다. 심지어 관원이 없는 빈 체육관에서 그가 몸이라도 풀고 있을 때면, 조용히 몸을 숨기고 그 모습을 지켜볼 정도였다.

'나도 저렇게 되고 싶다! 나도 강한 사람이 되어서 형이 어떤 말을 하든, 무슨 짓을 하든, 그냥, 조용히, 다 되받아쳐 주고 싶다.'

가브리엘도 마태오가 특별히 자신을 주시하고 있다는 걸 이미 잘 알고 있었다. 단순히 제대로 배우고 싶다는 열망이라면, 운동을 할 때만 주시했을 테지만, 마태오는 가브리엘이 휴식을 취하거나 사무실 안으로 사라져도 눈으로 쫓아올 정도였으니 말이다.

그렇지만, 가브리엘은 전혀 내색하지 않았다. 오히려 마태오가 다음 행동을 보일 때까지 끈기를 가지고 기다려주었다. 분명 마태오 안에 하고 싶은 말들이 차올라 넘칠 때가 올 테다. 그날이 오면, 마태오가 먼저 자신에게 정식으로 대화를 청해 오리라. 가브리엘은 그 순간을 기다리며 정권을 내질렀고, 마태오는 그런 가브리엘의 모습을 눈으로 담으며, 자신도 가브리엘처럼 정권을 내질러보았다.

하이얍!

어린아이의 앳된 목소리가 공중에서 앙칼지게 찢어져 흩날렸다. 빈주먹이라고 생각했던 정권이 단단해진 기분이 들었다. 우쭐해진 기분으로 연달아 주먹을 내지르고 발차기를 앞으로 길게 내밀어도 보았다. 그렇게 마태오의 도복 띠가 하얀색에서 노란색이 되었고, 다시 노란색에서 파란색으로 바뀔 차례가 되었다. 마태오는 승급 심사를 의식하고 있었기에 평소보다 어깨에 더 힘이 들어갔다. 평소에도 누구보다 일찍 체육관에 도착했지만, 근래에는 그마저도 더 일찍 나가서 준비를 하고 있었다.

국기에 대한 경례(敬禮).

언제나처럼 체육관 문을 제일 먼저 열고 들어선 마태오가 정면 한가운데에 걸린 국기를 보고 고개를 숙였다. 잘 다듬어진 모습이었다. 절도 있게 경례를 마친 어린 마태오의 모습에서 경건함이 엿보일 정도였다. 가브리엘이 평소에 입이 닳도록 관원들을 교육했던 탓에, 마태오는 아무도 자신을 보지 않고, 신경 쓰지 않아도 국기 앞에서 경례하는 것만큼은 절대 잊지 않았다.

"예부터 이웃 대륙에서 전해져 내려오는 말이 있다. 군군신신(君君臣臣) 부부자자(父父子子). 왕은 왕답게, 신하는 신하답게, 아비는 아비답게, 자식은 자식답게 본인의 위치에서 충실하자는 뜻이지. 각자가 자기 자리에서 맡은 바 최선을 다하면, 우리들도, 우리의 조국도, 모두가 함께 부강해질 수밖에 없다는 거다. 그런데 그러기 위해서 여러분들에게 필요한 게 뭘까? 대체 뭐가 어린 학생들을 학생답게 만드는 거고, 무엇이 너희의 위치에서 최선을 다하는 행동인 것일까?"

나이가 어린 관원들에게는 관장의 그런 질문 자체가 낯설었다. 서로가 서로의 얼굴과 손끝, 발끝을 멀뚱멀뚱하게 쳐다볼 뿐, 누구도 대답할 생각조차 못했다. 그러나 가브리엘은 조금도 당황하지 않고 말을 이어나갔다.

"나는 가장 먼저 필요한 게 바로 사랑이라 생각해. 그것도 부모님과 가족에 대한 사랑. 그리고 나아가서 우리 조국(祖國)에 대한 사랑이지. 그래서 여러분들이 각자의 위치에서 충실할 수 있는 가장 첫 번째가 사랑하는 마음을 아낌없이 표현하는 거라고 봐. 어떤 이들은 말하지 않아도 서로가 아는 게 사랑이라고들 하지만, 내 생각은 좀 많이 다르단다. 사랑할수록 더더욱 표현을 해야지. 사랑을 가슴에 품고만 있어서는 아무도 그 애틋함을 알 수가 없는 거야. 그러니 부모와 형제들에겐 항상 존경을 담아 사랑을 표현해야 해. 아침에 눈떠서 인사하고, 안아주고, 함께 밥을 먹고, 배웅을 하고, 다시 돌아왔을 때 가만히 꼭 안아주는 것. 상대가 속상해할 일은 하지 않고, 나쁜 말을 쉽게 내뱉지 않는 것. 사랑을 표현한다는 건 그런 거란다. 결코 어려운 게 아니지. 그런데 우리가 조국을 사랑하는 마음은 또 어찌 표현해야 할까? 부모와 형제는 너희처럼 실체가 있지만, 조국을 안아주고, 조국을 향해 따뜻하게 인사하는 방법에는 무엇이 있을까?"

아이들은 사랑이란 말에 고개를 끄덕이다 말고 조국이란 말에 또 한차례 멀뚱멀뚱 서로를 돌아봤다. 산만하고 집중력이 짧은 아이들은 벌써부터 허리띠를 만지작거리거나 삐져나온 도복자락을 헤집기 바빴다. 그래도 가브리엘은 멈추지 않고 오히려 더 목에 힘을 주어서 말했다.

"다들 잘 듣고, 기억하길 바란다. 우리가 우리나라에 사랑을 표현하는 방법은 이렇게 경례를 하는 거란다. 여러분들이 존중의 마음을 담아서 국기에 대한 경례만 잘해줘도, 나라는 너희들을 잊지 않을 거야. 기억하고 응원해 주겠지. 그러니 가족을 사랑하는 마음처럼 뜨거운 마음을 담아서 경례를 하렴. 그게 바로 애국심(愛國心)이란다. 그렇게 사랑하는 뜨거운 마음이 첫 단추로 자리를 잡아야 다음과 그다음으로 전진할 수가 있는 거야. 다들 잘 알겠니? 운동 시작 전에는 반드시 다짐의 자세로 국기에 대한 경례부터 시작하는 거다."

가브리엘은 그렇게 다른 무엇보다 사랑의 표현방식인 충(忠)과 효(孝)에 엄격했다. 반면에, 어린 관원들이 운동신경이 뒤떨어진다거나, 발차기 자세를 잡다 말고 곧잘 넘어지는 일이 눈에 보이더라도 그런 건 무신경하게 지나치는 일이 잦

앉다. 체육관을 운영하는 관장이면서도 가브리엘의 눈에는 그런 건 그리 중요한 부분이 아니었다. 그런 영역은 아이들이 조금만 더 자라면서 연습을 하면 저절로 해결될 일이라고 생각했기에, 가브리엘은 그저 그런 아이들에게 웃어 보이며, 기가 꺾이지 않게 응원을 해주는 게 전부였다. 그렇지만, 충과 효는 정신적인 부분이라 한번 자리를 잘못 잡으면 평생을 갉아먹을 수도 있다는 게 가브리엘의 명확한 주관이었다.

"이건 너희와 나의 약속이기 이전에, 너희가 스스로 부끄럽지 않기 위해 자신과 하는 약속이란다. 잠자리에 들기 전에 양치를 하는 것보다도 훨씬 더 중요한 일이야. 알겠니? 양치는 이빨을 갉아먹는 정도지만, 이 약속을 어기게 되면, 너희의 생활 자체가 시커멓게 곪을 수가 있다고. 그러니 잊어버리지 마라! 사랑하는 마음은 표현하는 거야. 우리들 나라에게도 너희들의 마음을 보여주는 거야."

가브리엘의 말에 꼬마 마태오의 고개는 저절로 끄덕여졌다. 처음 느껴보는 신선한 감정이 마태오의 등줄기를 타고 흘렀다. 전율이었다. 아, 엄마와 누이들에게 하듯이 내가 나라를 위해서도 마음을 쓰고, 입맞춤을 할 수 있었던 거였구나! 그냥, 그 자리에 가만히 있는 땅과 하늘이 아니었고, 구름과 산자락, 집들이 붙어서 마을을 이룬 게 다 이유가 있었구나. 그게 다 나와 우리를 위해서였구나. 이게 다 하나의 커다란 울타리였구나. 마태오는 순식간에 세상을 보는 눈이 한차례 넓어졌다.

이런 깨달음을 얻은 마태오는 이후로 충(忠)과 효(孝)를 대단히 중요하게 생각했다. 가브리엘 못지 않은 집요함으로 말이다. 훗날 그가 스스로 청년이 되어 직접 체육관을 열고나서도 가브리엘의 가르침은 이어졌으니까.

"다들 잘 알겠지? 사랑은 표현하는 거란다. 우리가 엄마, 아빠를 안아주면서 체온을 느끼듯이, 우리가 우리나라를 위해서도 사랑을 표현할 수 있단다. 그러기 위해서 가장 쉬운 방법이 뭐라고?"

"국기에 대한 경례요!"

"그래, 맞아! 운동 시작 전에는 항상 국기에게 인사를 하렴. 너희들의 다정한 마음을 아끼지 마!"

어린 마태오가 이토록 아름답게 성장해나가기 시작한 그

해 여름에, 마르코는 완벽히 사라지고 말았다. 편지 한 장조차 남기질 않고, 열여덟의 마르코는 고향으로부터 완전히 등을 돌렸다.

이후 아버지 사이먼은 결국 흐리멍덩하던 왼쪽 눈을 완전히 잃고 말았다. 의사 말로는 너무 울어서 생각보다 더욱 빨리 실명이 되었단다. 정말 이상한 일이었다. 가족들 중 누구도 사이먼이 우는 모습을 본 적이 없었는데 말이다.

2

무도와 격투

09

수림은 아침 일찍 출근해 병아리 같은 강아지에 대해 생각했다. 그리고 바람이 일지 않는 곳에서 바람을 기다리는 노인을 떠올렸다. 아무래도 그에겐 지금 자신에게 맡겨진 일이 딱 그런 것이었다.

병아리와 강아지는 종도 다르고, 생김새도 전혀 닮지 않았지만, 귀엽다는 공통점이 있다. 수림은 자신이 당장 쓰고 있는 글의 성격이 그런 것 같다는 생각을 쉽게 지울 수가 없었다. 자신과 의뢰인은 정치적 성향이나 자라온 배경도 다르고, 나이도 띠동갑 차이라서 세대마저 다르다. 같은 거라곤 그저정치의 시작점을 '화합'에 두는 것과 독자들이 느낄 '재미'에 관심이 있다는 것 정도. 그래서일까? 글의 시작은 좋았지만, 이어지기에는 힘이 약했다. 현실은 결코 소설만큼 극적이지 않았고, 아무래도 메시지가 명확해야 하는 만큼 인물들은 입체적이기보다는 평면적이었다. 부지런히 써보고 싶다는 생각과는 달리 좀처럼 글은 쉽게 이어지려 하지 않았다. 조급한 마음이 바람을 기다리는 노인을 그려냈다. 바람이 일지 않는 곳에서 바람을 기다리는 노인. 노인은 수림이 바삐 펜을 놀릴 수 있도록 영감(靈感)이 쏟아지길 바라며, 강한 바람을 기다린다. 첫 문장의 첫 음절이 바람과 함께 찾아오길.

수림은 디지털 녹음기를 되감아보았다.

"…할머니가 항상 도복을 손수 빨아주셨어요. 방망이질을 직접 다 하셔서 줄까지 잡아주시고. 그러면서 하셨던 말씀이 무도(武道)를 하는 것도 도(道)를 수련하고 행(行)하는 것이랑 같은데, 옷을 깔끔하게 입고 다녀야만 한다고. 지금 생각해보면, 우리 할머니도 그 시절에 보통 분이 아니셨던 거예요. 그 시절 여자 몸으로 그런 어려운 말을 정확히 알고 쓰신 것도 그렇고, 직접 매번 손수 도복을 빨아주신 것도 그렇고 말이죠."

수림은 어지러운 마음을 가다듬고 손수 물을 길러 어린 손
자의 도복을 빨아 널고 풀을 먹여 방망이질을 하는 노인을
떠올렸다. 그리고 그 쭈글쭈글하고 거친 손 위로 그보다는 훨
씬 덜 거칠고 주름이 덜 잡힌 미리암의 손을 겹쳐보았다. 제법
괜찮은 그림이었다. 수림은 잽싸게 메모지를 펼쳐 방금 머릿
속에 펼쳐졌던 이미지를 단어 몇 개로 정리했다.

"아니면, 결혼이나 애들에 대한 이야기도 해볼까요?"
"아, 그건 괜찮을 것 같습니다. 이야기보따리가 있다고 하
더라도 다음을 위해서 남겨두도록 하죠."
"괜찮겠어요?"
"네, 지금 구상으로는 괜찮습니다. 무엇보다 이제 활동을
시작하시는 건데, 이번 한 권에 다 녹여서도 곤란하죠. 다음
을 위해 아껴두는 카드로 썼으면 합니다. 지금은 제가 처음
에 구상했던 대로 일단 써보는 게 먼저일 것 같습니다."

결혼은 분명 적절한 환기 장치가 되어줄 수 있었다. 그런
좋은 소재를 굳이 사양하다니 스스로 생각해도 어이가 없을

노릇이다. 초조한 마음에 의뢰인에게 전화를 걸어볼 생각으로 스마트폰을 들었다가 다시 내려놓았다. 프로는 뱉은 말대로 결과를 만들 줄 알아야 한다. 그렇지만, 아무리 생각해도 소설적 장치가 부족했다. 이대로 글을 이어가려니 전반적인 긴장감이 훅 떨어질 거 같아 초조한 마음이 쉽게 수그러들지는 않았다. 수림은 사무실을 나와서는 괜히 주변을 서성이며 산책을 했다.

가을로 접어들기 위해 기지개를 켜는 파란 하늘 아래에서 수림은 어지럽혀져 있는 머릿속을 정리해봤다. 아무리 생각해봐도 일시적으로 이야기의 전반적인 긴장감이 떨어지는 건 별다른 수가 없어 보였다. 그에게 주어진 소재 자체가 그랬다. 그렇게 이미 만들어진 역사이자 진실이었다. 재미를 위해서라고 하더라도 함부로 왜곡하거나 바꿔서는 안 될 이미 일어난 일들. 사실. 허구를 쓰더라도 결코 사실에 기반하지 않는 허구를 써서는 안 된다. 그건 누구도 행복하지 않을 배설물로 그칠 수가 있다.

가로수를 따라 산책을 하던 수림은 끝마디가 붉게 익으려는 나뭇잎을 보았다. 그러고 보니 이미 처서(處暑)도 훌쩍 지나쳐 보름이나 흘렀다. 빛이 부서지는 나뭇잎 끝자락을 따라 고개를 들었다. 높게 솟은 파란 하늘이 솜사탕처럼 잘게 흩어진 구름들을 한아름 안고 있었다. 마음의 빗장이 풀리고, 시커먼 근심이 코끝을 스치는 바람을 따라 날아가 버렸다.

끄으응.

노인이 관절을 펴면서 흘리는 신음 소리가 크고, 길게, 깊게, 울렸다. 아니, 환청이었다. 환청을 들었고, 환각을 보았다. 늙은이가 어렵게 자리를 털고 일어나 수림의 앞으로 발을 질질 끌며 사라지는 모습이 보였다. 환각이 보였고, 환청이 들렸다. 깊고, 길게, 크게, 울리는 신발의 밑창 닳는 소리와 꽉 막힌 듯한 신음 소리.

수림은 그런 대혼란 속에서 떠오른 문장을 체크하기 위해 품에서 메모지를 꺼내들었다.

'인생은 계절처럼 무르익기 마련이다. 어린 마태오의 시간도 봄을 지나 여름으로 향하고 있었다.'

여기까지 날려 쓴 수림은 그 옆에 커다랗게 한자로 '**柔術** (유술)'이라고 휘갈겨 썼다.

10

인생은 계절처럼 무르익기 마련이다. 어린 마태오의 시간도 봄을 지나 여름으로 향하고 있었다.

형인 마르코가 배다른 형제였다는 사실은 마태오의 영혼에 큰 생채기를 남겼지만, 다행히 그 부분은 시기적절하게 나타난 스승 가브리엘로 인해 아주 천천히 돋는 새살로 덮여가고 있었다. 마태오는 그 과정에서 자연스럽게 대부분의 시간을 체육관에서 보내게 되었다. 검은 띠를 차고, 아버지 사이먼이 한쪽 눈의 시력을 잃고, 초등학교와 중학교를 졸업하고 나서도 마태오는 체육관을 떠나지 않았다.

"마태오는 합기도가 재밌니?"

하루는 마태오가 성인부 수업이 모두 마칠 때까지도 집에 돌아가질 않고 남아있었다. 덕분에 모두가 떠난 곳에서 가브리엘을 도와 함께 청소를 하게 되었지만, 마태오는 전혀 불평하지 않았다. 오히려 가브리엘과 단둘이 남아 특별한 시간을 보내는 것 같아서 마냥 기분이 좋았다.

"물론이죠! 아주 재미있어요."
"뭐가 그렇게 재밌니?"
"강해지는 것 같아서요."
"왜 강해지고 싶은데?"

걸레질을 하던 마태오가 순간 말을 잃고 말았다. 그의 혀 위에서 사라진 단어들 중에는 마르코가 있었고, 마르코로 인해 폭발했던 어린 날의 불안과 초조, 두려움이 있었다. 그렇지만, 그건 이미 지난 일이었고, 사라진 형은 이제 완전히 흔적을 감춘 지 몇 년이나 되었다. 흘러간 시간 속에서 분명 마태오가 운동을 하는 이유도 변해있었다.

"왜 갑자기 말이 없어? 말하기 곤란한 거야?"
"아니요. 전 관장님처럼 되고 싶어요!"

얼굴에 제법 두둘두둘 여드름 꽃이 피어올라온 마태오가 그렇지 않아도 붉은 얼굴을 더욱 붉히며 큰 목소리로 답했다.

"나처럼 되는 게 어떤 건데? 뭐, 이렇게 늦은 시간에 빗질하고 걸레질 하는 사람? 이런 사람이 강해 보이니? 하하하."
"농담이 아니에요. 강해져서 일단 가족들도 지키고 싶고, 다음으로는 모두를 위해 곤란한 일 자체가 일어나지 않게 하고 싶어요."
"그런 거라면 경찰 같은 게 되고 싶은 게 아닐까? 아니면, 판사나 검사 같은 거. 그런 분들이 확실히 사회의 치안을 직접 다스리는 분들이니까."

마태오는 뭔가를 더 말하고 싶긴 했지만, 머릿속에서 떠오르는 사건과 단어들이 적절하게 배열이 잘되지 않았다. 말을 조리 있게 잘하고 싶다는 생각에 비해 강렬한 열정이 먼저 타

올라버려서 마태오의 말문을 막고 말았다. 그렇지만, 마태오의 머릿속에서는 하나의 이미지가 더욱 선명해졌는데, 그건 아이들을 대하는 가브리엘의 태도와 분위기였다. 가브리엘 앞에서는 모두가 바른 자세를 취했다. 고등부나, 성인부 중에서는 가브리엘만큼이나 덩치 큰 사람들이 많았지만, 그들 중 누구도 감히 버릇없이 굴 생각을 하지 못했다. 곧잘 우스갯소리를 하는 사람들도 가브리엘 앞에서만큼은 시시한 농담을 접었다.

마태오는 언제부터인가 바로 그런 강인함을 원했다. 불필요한 말이나 행동을 사전에 잠재울 수 있는 절대적인 강함.

"음, 우리 마태오가 뭔가 오해를 하고 있는 것 같구나. 강하면 누군가를 지킬 수 있는 건 맞아. 그렇지만, 그게 꼭 주먹이 강할 필요는 없는 거란다. 세상의 무기, 개개인의 무기는 정말 그 수만큼이나 다양하거든. 그리고 우리 사회는 주먹질하는 사람을 경계하기도 하고 말이야. 게다가 주먹질을 잘하는 것과 합기도 같은 운동을 잘하는 것은 또 전혀 다른 이야기야. 나조차도 불량배들에게 얻어터질 수가 있단 말이지."

"에이, 그건 말도 안 돼요. 관장님이 맨손으로 격파할 수 있는 기왓장만 몇 장인데요?"

"아니야, 충분히 말이 된단다. 실전에서는 무슨 일이든지 벌어질 수 있지만, 내가 수련한 건 정직한 스포츠의 합기도니까. 얼마든지 가능한 일이란다. 쉽게 말해서, 나는 싸우기 전에 상대에게 예를 차려서 인사부터 하는데, 상대는 다짜고짜 내 아랫도리 급소를 노리고 들어오거나 이상한 흉기부터 휘두를 수도 있단 거지. 아니면 대화가 잘 풀려서 싸우지 않아도 되는 줄 알고 등을 돌렸는데, 악수까지 다 나눈 상대가 그때서야 내 뒤통수를 노리고 들어올 수도 있고."

"아니, 그건 너무 비겁하잖아요!"

"말했잖니, 개개인들에겐 각자의 무기가 있다고. 어떤 이들에겐 비겁함이 단련된 무기일 수도 있어. 그러니까 합기도를 통해서 강해진다는 건 나도 동의하지만, 그 강해진다는 게 단순히 주먹을 단련하고자 함이라면, 결코 동의할 수가 없단 말이야."

마태오는 순간 망치가 자신의 머리 위로 떨어진 기분이었다. 눈앞에서 번개가 떨어질 정도로 아찔한 대화였다. 관장님이 불량배들에게 질 수 있다. 그것도 비겁한 수단을 아낌없이 쓰는 상대에게 완벽히 패배할 수도 있다. 그런 건 영화나 만화에서나 볼 법한 이야기가 아니었단 말인가? 마태오의 이성은 조금도 원치 않았지만, 가브리엘이 던져준 충격은 마태오로 하여금 마르코에 대한 기억을 불러일으켰다. 그럼, 대체, 마르코는 왜 그토록 격투기에 집착했던 걸까? 그는 왜 굵다란 나무 밑동의 껍질이 다 패일 정도로 킥을 단련했던 것일까? 제대로 체육관을 다니지 않았던 마르코는 혹시 격투 기술에 비겁함까지 갖추었던 건 아닐까? 그럼, 그가 다시 나타났을 때, 과연 제압이 가능할까?

마태오는 갑자기 찾아온 혼란 앞에서 메스꺼움과 불편한 열기를 느꼈다.

"그럼, 지금까지 배운 것들이 실전에 쓸모가 없다는 건가요?"

"그건 또 전혀 다른 이야기지. 합기도는 실전에 아주 강한 무술이야. 그건 확실해. 다만, 실전에서는 우리가 지금까지 반복적으로 익히고 단련한 형태 그대로 재현되지는 않을 거라는 거야. 그리고 나는 너희에게 분명 호신(護身)을 가르쳤지, 격투(格鬪)를 가르치지 않았단다."

"뭔가 어렵네요."

"아니, 아주 쉬워. 단순하게 말해서 네가 타인에게 주먹을 휘두를 생각으로 운동을 하는 거라면, 지금이라도 때려치우길 바란다. 그렇지 않고 네 몸을 지키고, 가족을 지키고 싶다는 생각이라면, 얼마든지 해도 좋단다. 다만, 그 역시도 주먹을 써서 해결하고 싶은 거라면, 그것도 당장 그만뒀으면 해. 네가 지금까지 익힌 유술(柔術)만으로도 네게 먼저 다가온 상대를 제압하기에는 충분하니까 말이야."

"유술이 그렇게 대단한 거였나요?"

"응. 처음부터 아주 강력한 거였단다. 네가 모르고 있었을 뿐이지. 하긴, 나조차 너희가 그저 재밌게 배우길 원해서 기본 이론을 알려주지 않았으니까. 이건 내 잘못이라고 해야겠구나."

가브리엘은 말을 멈추고 청소도구들을 치웠다. 텅 빈 체육관 안에는 혼란스러운 마태오와 결심을 굳힌 가브리엘 두 사람만이 남아 서로를 마주보고 있었다.

"합기(合氣)란 상대의 신체 자유를 뺏는 기술 일체를 말한다. 우리가 수업 중에 익힌 유술(柔術)이 그 일부다. 마태오, 우리 관원들 중 여자가 몇 명이냐? 그리고 그 중에서 너보다 덩치가 작은 여자애가 몇 명이냐?"

"여자관원들이요? 전체 중 삼분의 일은 될 듯해요. 그리고 뭐, 중등부 밑으로는 다 저보다 덩치가 작죠."

"그렇다면, 그 아이들에게 네가 한쪽 손이나 깃을 내주게 되면, 네가 쉽게 빠져나올 수가 있겠느냐?"

"아이들이 제대로 익혔다면, 그래서 빠르게 힘도 흘려줄 줄 알고, 무게중심도 단박에 잘 잡았다면, 제가 당하겠죠."

"그래, 합기유술(合氣柔術)을 제대로 익혀서 빠르게 대처할 수만 있다면, 너도 나도 당하게 된다. 그게 지금까지 우리가 익혀온 기술이란 거다. 약자도 능히 강자를 제압할 수 있는 무술. 그런데 넌 여기에서 만족을 못하고 있지. 그래서 묻고 싶은 거야. 넌 왜 강해지고 싶은 거냐? 어떻게 강해지고 싶은 거냐?"

가브리엘의 말을 다 들은 마태오는 두 발로 제대로 서 있기가 힘들었다. 가브리엘의 말은 틀린 말이 하나도 없었다. 지금까지 땀 흘리며 익힌 기술들은 제대로만 해낸다면, 얼마든지 자신보다 덩치가 큰 상대를 제압할 수 있는 기술들이었다. 다만, 그가 지금까지 익힌 기술들은 선제 타격을 위한 격투의 기술이 아니었다. 먼저 달려드는 상대의 힘을 역이용하는 호신의 기술들이었다. 게다가 실전에서는 상대가 결코 대련 때처럼 움직여주지도 않을 것이다. 엄청난 힘과 속도로 달려들 테고, 상상을 초월하는 변칙성을 보여줄 것이고, 비겁한 술수도 마다하지 않을 것이다. 그러다보면 마태오도 상대를 향해 감정이 섞인 주먹을 휘두르게 될 수가 있고, 위험한 발차기를 하게 될지도 모른다. 그럼, 그건 이미 가브리엘의 말처럼 호신이 아닌 단순 격투, 아니, 싸움의 영역이 되고 만다.

"마태오, 나의 사랑스런 아이야. 네가 그저 주먹질을 잘해서 싸움을 잘하고 싶은 거라면, 그래서 그게 강한 거라고 생각한다면, 당장 내일부터 도장에 나오지 않았으면 한다. 이미 네가 익힌 기술들만으로도 넌 지금보다 훨씬 더 강해질 수 있을 테니까 말이야. 헌데, 그런 게 아니라면 말이다. 네가 순수하게 운동이 좋고, 너 스스로의 발전이 좋고, 정말 너의 말처럼 너와 네 가족을 지키고, 주변 모두를 지키고 싶은 거라면, 내일부터 이 공간을 100바퀴씩 뛰고 운동을 시작하렴. 이제 넌 남들과 똑같이 수업을 받을 필요는 없다. 대신 이 공간을 100바퀴씩 뛰는 것부터 다시 시작을 하자."

"100바퀴요? 뛰라고 하면 뛸 수는 있지만, 다 뛰고 나면 발차기 한 번도 제대로 못하지 싶은데요?"

순간 100바퀴라는 말에 마태오의 두 눈알이 동그랗게 떠졌다. 체육관이 아무리 커도 건물 안의 공간이니 그리 넓지는 않지만, 본격적인 운동 전에 혼자서 100바퀴나 뛰는 건 아무래도 과하긴 했다.

그렇지만, 가브리엘은 어느 때보다 단호했다.

"그래, 그래서 뛰라는 거다."

"어째서요? 제게 벌을 주시는 건가요?"

"전혀. 그 반대지. 네게 너만의 무기를 만들어주기 위해서란다."

"저만의 무기요? 와! 신난다! 그럼, 일격필살 궁극의 비기 같은 건가요?"

"하하하, 만화나 무협지를 너무 본 듯하구나. 내가 만들어주려는 무기는 그런 일격필살을 익히기 위한 커다란 밑바탕이란다. 바로 체력이라는 것이지."

"체력?"

"그래, 체력. 정말 강해지고 싶다면, 체력부터 길러라. 달려서 땀을 쫙 뽑아내고, 그때부터 발이 올라가지 않을 때까지 발을 차라. 팔이 후들거릴 때까지 주먹을 내질러라. 그게 내일부터 네가 할 일이다. 배움은 다시 그 다음부터야. 마음에 새겨두어라. 강해진다는 건 단순히 주먹질을 잘하는 걸 말하는 게 아니야. 불가능을 꿈꾸고, 그것을 이루고자 열정을 다하는 의지도 강함이고, 부모가 자식을 위해 희생하는 것도 강함이고, 자식이 부모를 위해 효를 다하는 것도 강함이고, 사람들의 뜻을 모을 줄 아는 것도 강함이야. 오히려 단순히 주먹만 잘 쓰는 건 우리 사회에 아무런 도움이 되지 않는단다. 그러니 매일매일 100바퀴씩 뛰면서 생각해 보거라. 넌 어떤 강함을 손에 넣고 싶은 것인지. 네게 제대로 된 목표가 생긴다면, 그때까지 만들어진 네 체력이 가장 큰 자산이 되어줄 거다. 그건 내가 감히 장담하지. 체력은 국력이다! 이건 인생의 진리란다.”

　말을 마친 가브리엘은 옷을 갈아입기 위해 자리를 떠났다. 이제 텅 빈 공간에는 마태오 혼자만 남게 되었다.
　마태오는 천천히 허리띠를 풀면서 결심을 굳혔다.

11

그림자는 해가 강렬할수록 선명한 법이다. 그림자가 짙어질수록 그림자의 부끄러움도 커져서 덩치를 움츠릴 때는 있어도 결코 발에서 떨어져 나갈 생각은 하지 않는다. 마태오에겐 운동에 대한 강렬한 열망이 해와 같았고, 짙은 땀 냄새와 배고픔이 그림자와 같았다. 운동에 집중할수록 땀은 흥건해졌고, 땀이 비 오듯 흐른 뒤엔 어김없이 배고픔이 찾아들었다. 둘은 마태오에게서 절대 떨어질 생각을 하지 않았다. 꼬르륵. 뱃구레가 먹을 걸 더 밀어 넣어 달라고 항의하는 외침은 나날이 더 선명해졌고, 빈번해졌다.

그리고 딱 그만큼 키가 자랐다. 마태오는 어느덧 고등학생이 되어있었다.

마태오가 그렇게 자랄 때까지 미리암은 수시로 마태오의 도복을 빨고, 방망이질을 해서 빳빳하게 줄을 잡아줬다.

"마태오는 어엿한 무도인(武道人)이니까. 도복을 항상 깔끔하게 입고 다녀야 해. 땀 냄새가 배어서도 안 되고, 음식물도 묻혀서는 안 된단다. 너는 수련을 하는 사람이니까. 수련을 하면서 마음을 다스리는 사람이니까 옷도 깨끗하게 입고, 깨끗한 마음으로 생활해야 하는 거야."

덕분에 미리암의 방망이질 소리는 끊이지가 않았다. 마태오는 항상 체육관에서 운동을 했고, 식사도 가브리엘과 함께 자주 했으며, 관원들과도 몸을 쓰는 여러 놀이를 하며 지냈으니까. 게다가 그때쯤의 마태오는 마르코처럼 여러 운동에 관심을 가지기 시작했었다. 합기도만이 아니라, 쿵푸, 무에타이, 주짓수 등. 그런 변화의 중심에는 가브리엘 관장이 있었다.

"마태오, 아직은 아니지만, 국내에도 곧 격투기가 흥행하게 될지도 모른단다. 이미 세계에서는 프로무대가 흥행을 거듭하고 있다고 하니까 말이야. 네가 운동을 어디까지 깊게 해보고 싶은지는 모르겠다만, 지금 현재 진심으로 즐기고 있으니까 하는 말이다. 꼭 네가 직접 링에 오르지는 않더라도 네가 익힌 기술을 후학들에게 알려주는 기쁨도 대단할 테니까. 기왕 운동을 할 거라면, 여러 무술을 섭렵해 보는 것도 나쁘지 않을 게야. 여기서 이미 넌 태권도와 합기도, 검도를 익혔으니까. 다른 무술도 익혀보길 바란다. 헛된 시간은 되지 않을 게야."

가브리엘의 예지는 정확했다. 이미 그가 몸담고 있던 합기도 협회에서 격투기 도입과 관련하여 오고 가던 이야기가 있던 차라서 관심을 가지고 있었던 것도 사실이지만, 순수하게 마태오가 미래를 준비했으면 하는 마음에서 했던 말이기도 했다. 마태오는 빠르게 성장하고 있었고, 가브리엘의 지도대로 제대로 따라와 주고 있었다. 따라서 그에게는 마태오가 관원들 중 누구보다 우수한 인재였다.

가브리엘의 그런 생각같은 건 전혀 모른 채 마태오는 여전히 100바퀴를 뛰었고, 그간 배운 기술들을 복기하며 단련했고, 또 남는 시간에는 다른 무술들을 조금씩 익혔다. 가브리엘은 마태오가 의지를 보이면, 어떻게든 여건을 마련해줬다. 인근의 다른 체육관도 보여주고, 좋은 스승들도 소개해줬다. 사이먼과 미리암도 마태오가 바른 마음가짐으로 수련만 한다면 얼마든지 후원을 해주겠다는 입장이었기에 마태오의 무예는 점점 더 깊어져갔다.

"체격이 부쩍 좋아졌구나."

"다 관장님 덕분이죠."

"아니지, 그건 네 부모님 덕이지. 좋은 골격으로 세상에 태어나게 해준 것, 그리고 그걸 유지하고 발전시킬 수 있도록 도와준 것. 다 부모님 덕이다. 난 네게 그 과정에서 필요한 몇 가지 기술만을 알려줬을 뿐이야."

"아닙니다. 관장님이 이끌어주시지 않았다면, 지금처럼 마음 편하게 운동하지도 못했을 겁니다."

가브리엘은 언제나처럼 마태오에게 진심을 다한 말을 해줬고, 마태오는 자랄수록 겸손해졌다. 그 배경에는 그가 아무리 익혀도 그의 스승에게 필적하지는 못할 것이란 마음의 벽이 있었다. 마태오는 그런 벽이 자신의 생각 밑바닥에 뿌리 깊게 박혀있다는 걸 알면서도 조금도 그 생각을 바꾸고 싶지가 않았다. 그것이 마태오가 스승에게 보일 수 있는 존경의 시작점이었다.

"그럼, 이제 왜 강해지고 싶은 것인지, 어떻게 강해지고 싶은 것인지를 제대로 답할 수 있겠느냐?"

"그건 여전히 잘 모르겠습니다. 그저 여전히 저와 가족들을 지키고 싶고, 제 주변의 사람들, 그리고 모르는 사람들까지 제가 할 수만 있다면, 다 지키고 싶다는 마음입니다. 어떻게 지킬지는 솔직히 여전히 모르겠습니다."

"그래, 사실 그것만으로도 충분하단다. 이제야 내가 네 아버님에게 했던 약속을 지킨 것 같구나."

가브리엘은 마태오가 자신의 체육관에 처음으로 찾아왔던 날을 떠올렸다. 우유 한 잔에 미소가 맑아지던 어린 아이가 이미 골격이 벌어진 청년이 되려고 하는 중이었다. 그 긴 시간 동안 가브리엘은 마태오의 마음에 어둠이 깃들지 않길 바라며 노력했었다. 그날, 그가 봤던 사이먼은 마음 한쪽이 부서진 가련한 중년의 모습이었기에, 특히 더 마음이 쓰였던 게 사실이었다.

그런 주변의 바람과 기도 덕이었을까? 마태오는 그간 마르코에 대한 생각을 까맣게 잊어버렸다. 중학생이 될 때만 하더라도 여전히 마르코를 떠올리며, 기억 속의 강력했던 마르코와 경쟁하는 마음을 품고 있었다면, 이제는 마르코가 새겨놓고 떠났던 불안과 공포, 폭력에 대한 열망으로부터 완전히 벗어나 있었다. 마르코라는 형이 있었다는 사실 자체가 마태오에겐 지나가버린 과거, 뒷전으로 멀리 팽개쳐버린, 이제는 열어볼 일도 없는 낡은 상자 정도가 된 것이다.

마태오는 그 어느 때보다 마음이 가벼웠기에 인생의 물음 앞에서 진지해질 수 있었다.

'정말, 졸업을 하고 나서는 무슨 일을 하는 게 좋을까?'

고등학교 입학 이후에 저절로 찾아온 물음이었다. 마태오가 체육관에서 살다시피했다지만, 아무래도 그의 생활의 중심은 학교였다. 학교는 체육관 다음으로 대부분의 시간을 보내는 곳이었던 만큼 그곳에서 만나는 친구들이 마태오에게 여러 영향을 줄 수밖에 없었다. 그래서 고등학교에 입학한 이후 마태오가 당황스러웠던 건 곁에 있는 친구들이 자연스럽게 진로에 대해서 이야기를 꺼냈기 때문이다.

"그럼, 넌 어떻게 하려고? 문과? 이과?"

"어렵네. 그냥 진작 상고나, 공고로 갈 걸 그랬나?"

"나도 모르겠다. 일단 대학나와야 유리하다고는 하는데."

그전까지만 해도 솔직히 마태오는 미래에 관해 따로 생각해 본 적이 없었다. 당장 신체를 단련하여 가브리엘처럼 강한 사람이 되고 싶다는 열망에 충실했을 뿐, 졸업하고 사회로 나가서 직업을 가진다는 건 그에게 먼 나라에서 전해 내려오는 동화 같은 이야기였다. 전혀 현실감이 없었고, 그래서 머릿속에서도 전혀 그려지지 않는 그림이었다.

마태오는 용기를 내어 아버지에게 진로에 관한 도움을 구했지만, 사이먼은 마태오가 전혀 이해되지 않는다는 얼굴로 쳐다볼 뿐이었다.

"네가 하고 싶은 걸 해야지. 그걸 왜 이 애비에게 물어봐?"

마태오는 머리를 긁적이며 자리를 떠났다. 그리고 이번에는 똑같은 물음을 미리암에게 해보았다.

"의사는 어때? 그러려면 아마 이과를 가야겠지? 아니면,

판검사는 어때? 그러려면 문과를 가야겠지?"

"그런데 그런 건 공부를…"

"아, 알고는 있었구나. 그래, 그런 건 공부를 얼마간 잘했을 때, 선택의 폭이 넓을 때나 하는 고민이야. 솔직히 나는 네가 공부에 전혀 관심이 없어서 걱정이었어. 운동을 너무 좋아해서 네가 직접 체육관을 차릴 생각인가 싶었지. 그렇지만, 문과, 이과 같은 거로 고민하는 걸 보니 공부에 대해서 전혀 생각이 없는 건 아니었구나. 참, 다행이야."

미리암은 장성한 아들을 꼭 안아주며 등을 두드려주었다. 이젠 미리암보다도 훌쩍 더 커버려서 마치 미리암이 마태오에게 안긴 것처럼 보일 정도였지만, 미리암은 그런 건 전혀 신경 쓰지 않았다. 그저 뒤늦게라도 공부와 진로에 대해 진지하게 생각하게 된 아들이 대견스러울 뿐이었다.

"아, 내가 왜 그런 생각을 못했을까? 그래, 내가 내 도장을 차릴 수도 있는 거였어!"

마태오는 그제야 자신이 가브리엘처럼 강해지고 싶다는 생각만을 했었지, 가브리엘처럼 누군가를 가르쳐보고 싶다는 생각은 전혀 해본 적이 없다는 걸 새삼 깨달았다.

'아니, 혹시 나는 사범 같은 쪽으로는 재능이 전혀 없어서 그랬던 게 아닐까?'

그런 생각이 든 이후부터 마태오는 매일 다니던 체육관을 다른 눈으로 보게 되었다. 드나드는 관원들의 머릿수를 헤아려보았고, 관원들이 머무는 탈의실과 그들이 마시는 물과 물컵을 보았고, 바닥에 깔린 매트리스의 수도 헤아려 보게 되었다. 마태오가 직접 자신의 체육관을 차린다면, 모두 다 필요한 것이었다.

'내가 관장님처럼? 사람들을 가르친다고? 그리고 이런 공간을 책임진다고?'

매일 보던 일상을 다시 바라보게 되면서 마태오는 막연한 부담감에 목이 꽉 막히는 기분이 들었다. 잘은 몰라도 뭔가 더 경험을 쌓아야만 가능하지 않겠는가 하는 무거운 물음이 마태오의 허리띠에 달라붙었다.

그리고 그 무겁고 검은 형체를 이번에도 가브리엘이 제때 알아보았다.

"마태오, 파비오 사범이 그만둔 건 알고 있지?"

"네, 고향으로 내려가신다고 하는 걸 들었어요."

"그래, 그렇지 않아도 적당한 때를 보고 있었는데, 잘 된 거 같구나. 네가 운동에 열성적이니까 하는 말이다. 앞으로는 네가 사범 대리 자격으로 성인부 관원들을 1시간씩만 가르쳐 보거라. 저녁 시간 중 1시간을 오롯이 네가 책임져보는 거야."

"네? 제가요? 성인부면 저보다 다 나이도 많을 텐데요?"

"그래, 원래 도장에서 가르침이란 관장이 없으면 사범이, 사범이 없으면, 그 후배가 맡아서 하는 법이다. 잘 알지 않느냐? 나이가 우선이 아니야. 그럴 거면 벨트도 나이순으로 나눠주고 말아야지."

마태오는 순식간에 공중으로 몸이 떠오른 기분이었다. 정말, 단순히 운동에 몰입한 기억밖에 없는데, 마태오의 인생은 그가 자각하기 훨씬 이전부터 이미 그가 바라는 대로 물길을 내고 있었던 것이다. 아주 천천히, 그렇지만, 곧은 방향으로 깊게.

12

쏟아지는 비를 피하고자 우산을 들어도 바짓단은 젖기 마련이다. 그건 쉴 새 없이 쏟아지는 펀치도 마찬가지다. 단단하게 가드를 올려도 상대의 주먹이 내려와서 꽂힌다는 건 변함이 없다. 게다가 가드를 올린 부분 외의 부위, 복부나 옆구리로 비집고 들어오는 펀치에 충격은 고스란히 누적되기에 어느 순간 체력이 급격히 떨어지게 된다.

"그쳐!"

헤드기어를 눌러쓴 마태오가 바닥으로 널브러졌다. 본인보다 체급이 큰 선수들을 상대로 벌써 몇 번의 스파링을 했는지 모르겠다. 손가락 하나 들어 올릴 힘이 없는 상태에서 가브리엘의 목소리가 귓가로 스며들었다.

"일어나, 네 입으로 목표는 전체 경기 KO승이라며?"

"그렇지만, 다들 제 체급을 오버한 분들인걸요? 대회에 나올 사람들은 주먹이 이렇게 묵직하지는 않을 거예요."

"그래, 그렇지만 발은 주먹보다도 훨씬 무겁고 강할 테지. 날아오는 궤적도 훨씬 다양할 테고."

"하, 모르겠어요. 저… 배고파요."

마태오는 더는 대꾸할 힘도, 고개를 내저을 힘도 없었다. 가브리엘은 호탕하게 웃어 보이며 수건 하나를 던져주고는 자리를 떠났다. 얼굴 위로 내려앉은 수건 덕에 마태오의 시야는 까맣게 지워졌다. 노곤한 어둠 속에서 마태오는 생각을 멈췄다. 그래도 머릿속에서는 끊임없이 날아오는 펀치와 발차기가 그려졌다. 그리고 자신의 귓가를 가득 메운 뜨거운 숨소리가 더더욱 크게 들려왔다. 다음 순간 어쩌다가 이렇게 된 것일까라는 생각과 다음 스파링 때에는 반드시 상대의 턱을

갈겨주겠다는 생각이 맞물렸다. 그리고 마태오는 그대로 잠이 들어버렸다.

문제의 급격한 변화는 마태오가 사범 대리의 자격으로 관원들을 가르치기 시작한 지 반년 정도가 지났을 무렵에 찾아왔었다. 가브리엘이 예지한 대로 격투기에 대한 합기도 협회의 반응이 매우 긍정적이었다. 오래지 않아 합기도 체육관들이 중심이 되어 대중들에게 격투기를 알리고 보급하기 시작했다. 마태오가 몸담고 있던 체육관에도 어느 순간 대형 샌드백과 미트가 들어서더니 공간을 확장하여 링까지 만들게 되었다.

그런 변화는 젊고 어린 마태오를 흥분시키기에 더없이 좋은 소재였다.

"저도 링 위에 올라가 봐도 되나요?"

"물론이지! 앞으로 네가 가르치려면, 네가 직접 해봐야 하지 않겠냐? 조만간 협회에서 프로대회를 기획할 거야. 우리도 거기 나갈 인재를 찾아서 키워야 해. 세상이 변하고 있어. 정당하게 룰(Rule) 안에서 격투가 이루어지고 그 결과로 평가받는 세상이 왔단 말이지. 길바닥 싸움이 아닌 정당한 스포츠라면, 괜히 물러서줄 필요가 없어. 챔피언이 나와야 하는 결과라면, 그 챔피언이 우리 체육관에서 나와야지. 안 그러냐?"

"네!"

마태오는 테이핑을 하고 헤드기어와 글러브를 착용했다. 이미 권투를 배울 때도 다 해본 것이지만, 그것보단 글러브가 훨씬 가벼웠다. 타격을 받으면, 실제 펀치의 중량을 고스란히 전달받을 거 같아 감출 수 없는 흥분이 밀려왔다.

"지금까지 우린 호신을 위한 무술을 수련해왔어. 그건 앞으로도 변하지 않을 거야. 다만, 링 위에서는 먼저 투기를 보여야 한다. 아니, 먼저 모든 에너지를 쏟아부어야 해. 그만큼 정해진 룰 안에서 정정당당하게 겨룬다는 건 매우 힘든 거야."

마태오는 이미 여러 체육관을 돌면서 가벼운 대련을 해봤던 몸이었지만, 갖추어진 사각의 링 위에서 정식으로 스파링을 한다는 건 전혀 다른 느낌이었다. 긴장감이 마태오의 몸을 단단하게 죄어왔다.

선별된 스파링 상대는 비슷한 체급의 상급생이었다. 마태오보다 입문을 훨씬 늦게 했지만, 타고난 운동신경이 좋아서 이후로도 곧잘 마태오의 상대가 되어주곤 했다.

"잘 부탁드립니다."

그것이 스파링 전에 마지막으로 나온 인간의 언어였다. 이후부터는 거친 호흡소리와 괴성이 전부였다. 시합 공이 울리고 30초도 되지 않아서 마태오는 혼란을 마주했다. 지난날 가브리엘이 들려줬던 이야기는 정확했다. 무술은 어디까지나 잘 다듬어진 건전한 스포츠였다. 실전을 방불케 하는 격투기는 차원이 달랐다. 길거리 싸움에서나 볼 법한 비열함은 없었지만, 제대로 배운 상대가 사력을 다해 달려드는 건 마치 날짐승과 함께 단둘이 링에 던져진 기분이었다. 그간 익혀온 모든 것이 본능이란 이름 앞에서 전혀 다르게 튀어나와버렸다. 발차기는 예리함을 잃은 채 거리를 두고 견제하는 발길질이되어 있었고, 그간 단단하게 단련해뒀던 정권은 상대를 제대로 맞추지 못한 채 가끔씩 허공을 가르기만 할 뿐이었다.

그런 갑갑함은 마태오의 상대도 마찬가지였다. 배운 기술을 써먹으려니 마태오와의 거리가 문제였다. 당장 권투와 킥복싱을 모두 익힌 마태오는 스텝이 좋았고, 거리를 벌리는 기술도 있었지만, 자신은 그저 운동신경이 뛰어난 일반인이었다. 겨우 마태오의 공격을 피하는 게 고작이었다. 가끔 발차기도 날려보았지만, 몇 번 해보니 동작만 커서 빈틈이 많은 것 같아 그마저도 포기하고 말았다.

첫 라운드는 둘 모두 어안이 벙벙한 상태에서 마무리가 되었고, 두 번째 라운드에 들어서서야 감을 익힌 마태오가 복싱 스텝과 기술로 상대를 제압할 수 있었다.

"직접 해보니 어떤 거 같으냐?"

"역시 권투랑 킥복싱 기술이 지배적일 수밖에 없겠어요. 규칙이 관절기를 기본적으로 할 수가 없고, 잡아서 뒹구는 것도 허용된 건 아니니까. 실전에 가깝다지만, 입식(立式) 제한이 잖아요. 우리 관절기나 유도, 주짓수 같은 기술은 당장 큰 쓸모는 없겠어요. 물론, 상대 자세가 흐트러지는 순간이 오면 잡아채서 메다꽂을 땐 여전히 강력할 거 같아요."

"좋아, 제대로 느꼈구나. 맞다. 철저하게 몸이 룰에 적응을 해야 해. 글러브를 착용한 상태에서는 상대방 관절을 꺾을 수도 없고, 손을 잡을 수조차 없지. 허점이 생겨 자세가 무너지지 않는 이상에는 잡아채는 것조차 어렵다. 그러니 격투기 선수는 수련의 방향도 달라져야 해."

"진짜 관장님 말씀을 듣길 잘했어요. 미리 다른 종목들을 체험해보지 않았다면, 오늘 졌을지도 몰라요."

그날의 스파링 이후로 모든 게 달라졌다. 갑작스럽게 찾아온 변화였지만, 마태오는 그 변화가 그저 즐거웠다. 때문에 유연하게 모든 변화를 가슴으로 받아들일 수 있었다. 여전히 사범 대리의 자격으로 수업을 맡았지만, 이후에는 직접 선수가 되어 특별 훈련을 이어갔다. 대회를 앞두고 누굴 새롭게 가르치기보다는 마태오 본인이 직접 출전하여 체육관의 간판이 되고 싶다는 의지가 강했다. 가브리엘도 다른 선수를 새로 발굴하기보다는 오랜 시간 함께 운동한 마태오가 챔피언이 되면 더욱 좋을 거 같았다. 마태오는 모든 기본자세를 교정했다. 복싱 자세로 샌드백을 쳤고, 무에타이 킥으로 미트를 찼다. 서서 스텝을 밟을 때도 대련을 할 때와는 다르게 두 손을 들어 얼굴을 다 가리는 가드 자세를 취했다. 급격한 변화에 빠르게 대응하는 자세에서 유연함을 넘어선 결의가 엿보였다.

'반드시 내가 챔피언이 된다!'

단단히 각오를 다졌지만, 난관이 없는 건 아니었다. 미리암은 여태까지 보인 적 없었던 노여움을 숨기지 않으며, 마태오를 다그쳤다.

"격투기 선수? 그건 사범 같은 것과는 완전히 다른 거잖아! 어디서 말도 되지 않는 소리를 하는 거야!"

미리암은 방문을 걸어 잠그고 마태오를 보려고도 하지 않았다. 하나 남은 아들이 위험한 운동을, 그것도 상대방의 주먹을 고스란히 맞아야 하는 격투기를 하겠다는데, 결코 찬성할 수가 없었다.

"정신 차려! 넌 이제 하나 남은 종손(宗孫)이야!"

마태오는 오래도록 잊고 있던 형, 마르코의 존재를 떠올렸다. 그 검은 그림자로부터 떨어져 나왔다고 생각했는데, 여전히 마르코는 집안 한쪽 어딘가에 그 뿌리를 내리고 있었다. 서류상으로는 이미 실종 처리가 되었어도 마르코는 보이지 않는 손으로 마태오의 발목을 단단히 붙잡고 있었던 것이다.

"괜찮아, 진짜야. 내가 다 이길 수 있다니깐!"

마태오는 어떻게든 경기를 치르고 챔피언이 되고 싶었지만, 미리암을 설득할 마땅한 말을 찾지는 못했다. 그저 직관적인 생각만이 떠오를 뿐이었다. 그건 그간 흘린 땀에 대한 믿음이었다. 마태오가 익힌 각종 무술들과 철저히 입식타격 위주로 수련하고 있는 최근까지 흘려온 땀에 대한 믿음. 질 것 같다는 의심은 추호도 들지 않았다. 오히려 몇 라운드만에 상대를 제압할 수 있을까 같은 생각만이 들었다.

"바보야, 이기고 지고의 문제가 아니라고! 후유증이 남는단 말이야! 권투 선수들 못 봤어? 주먹으로만 치고받아도 그런데 발까지 머리에 맞아봐. 그게 온전하겠니? 사범이고 뭐고 당장 그만둬!"

미리암의 호통은 처음 겪는 일이었지만, 그렇다고 마태오가 포기한 것은 아니었다. 일단은 미리암의 눈을 피해 체육관으로 갔다. 그리고 어서 빨리 대회가 개최되길 바랐다. 대회가 개최되고 시합에서 우승하기만 한다면, 미리암도 고집을 꺾으리라. 마태오는 넓어진 체육관을 뛰었다. 가브리엘과의 약속대로 항상 시작은 100바퀴. 단 하루도 쉬지 않고 이어왔다. 진짜 질 것 같지 않았다. 마태오를 충격으로 몰아넣었던 날의 마르코가 다시 돌아온다 하여도 이제는 쉽게 제압할 수 있을 것 같다는 자신감이 들 정도였다.

그렇게 모든 신체 조건과 신경이 날카로운 칼처럼 예리하게 다듬어질 때쯤, 드디어 시합 날짜가 잡혔다. 가브리엘은 마태오의 시간표를 직접 관리하기 시작했고, 식단에도 신경을 썼다. 매일 식사시간에는 뽀얀 국물의 곰탕이 상에 올라왔고, 단백질 보충을 위한 고기가 끊이질 않았다.

마태오는 그렇게 식사를 할 때마다 입안에 밀어 넣은 밥알 개수만큼 속으로 다짐의 다짐을 거듭했다.

'나는 반드시 챔피언이 된다.'

13

"당시 청룡합기도 체육관의 관장님이 허남현 관장님이셨어요. 그분이 초대 대한격투기 대구지부장을 하셨고, 그 다음 지부장이 저의 스승이셨던 정승원 관장님이셨죠. 뜻을 이어받으신 거죠. 이미 그때 헤드기어 착용한 채로 링에 올라가는 아마추어 경기는 있었습니다만, 프로 경기는 없었어요. 정말 격투기가 국내에 뿌리 내리기 시작할 초창기 때라서 이제 막 격투기 체육관이 전국에 생길 때였거든요. 기술도 입식 위주였고, 요즘 흔히 말하는 암바 같은 관절기, 그래플링 기술 같은 것도 그때까지는 가르치지도 않았을 때입니다. 그런 상황에서 또 제 스승님이 지부장에 계셨고, 다른 협회 사람들에게도 격투기와 병행하는 걸 알릴 때라서 제가 정말 자연스럽게 추천을 받았어요. 이미 지부장으로 계신 스승님 밑에서 사범 활동을 하고 있기도 했고, 젊기도 했고. 그러니 저도 뜻이 있었지만, 그런 제 뜻을 이룰 수 있도록 주변 환경이 다 맞아떨어졌던 거죠. 그래서 제가 대구에서는 격투기 프로 데뷔 1호 선수가 됩니다."

박경철은 자신의 단독주택 발코니에 앉아 과거를 더듬었다. 이미 그가 이룬 일들과 그 일이 이루어지기까지 함께한 사람들, 도움을 준 사람들의 이름이 오고 갔다. 수림은 빼곡하게 바삐 메모를 하며 내용을 갈무리했다.

"프로 데뷔 1호 선수. 타이틀 멋지지 않습니까? 그때 부산 구덕체육관에서 첫 경기가 있어서 내려가는데, 지금 생각해봐도 어이가 없어요. 허남현 관장님하고 정승원 관장님 두 분다 옆에 계셨고, 같이 기차를 타고 갔습니다. 같이 긴장한 채로요. 지금이야 대구부산고속도로가 생겨서 수성IC 올리기만하면 부산까지 두 시간이면 간다지만, 그때만 하더라도 자가용이 흔치 않던 시절이었습니다. 요즘에는 가족이 많으면 한 집에 차 두 대, 세 대도 끌고 다니는 집이 있다지만, 그 시절은 승용차가 한 가구 한 대도 안 되던 시절이란 말이죠. 그러니 기차를 탔죠. 시간 좀 여유롭게 잡고요."

이야기를 듣던 수림은 자세를 고쳐 잡았다. 그의 기억 속에 자리 잡은 기차는 불편한 등받이에, 오밀조밀 모여 앉은 좁디좁은 비둘기호였다. 그 좁은 공간에서 서로 등을 맞대고 통로에 빽빽하게 서서 기차를 타던 사람들. 그런 기차를 타고 부산까지 내려갔다면, 멀미가 나도 나지 않았을까? 긴장감에 쌓인 선수의 컨디션쯤은 쉽게 무너졌으리라.

"여유롭게 잡는다고 잡았지만, 기차는 더 여유롭게 연착이 되더군요. 하하하. 이유도 아직 모릅니다. 사고가 났던 건지 어떤 건지도요. 기차에서만 대략 한 시간 넘게 늦었어요. 그 날 하필 왜 기차가 그렇게 늦어버린 건지는 지금도 모르겠습니다. 확실한 건 우리가 서두른다고 서둘러서 도착하니까 진짜 딱 선수입장! 하고 호명하기 직전이었다는 거죠. 조금만 더 늦었으면 거기까지 가서 글러브 한번 차보지도 못하고 기권 패를 당할 뻔했었죠."

"그럼, 경기 결과는요?"

"몸을 전혀 풀어보지도 못하고 링에 올랐어요. 3분 5라운 드 경기였는데, 다 채우지도 못하고 첫 시합은 진짜 많이 맞 은 기억밖에 없네요. 호흡 자체가 안 풀렸으니까요."

달갑지 않은 기억인지 박경철의 얼굴은 씁쓸함을 감추질 못했다. 선수 본인도 본인이지만, 동행했던 스승들이 있었으 니 그분들의 기분과 그분들과 함께 자리를 하고 있었을 본 인의 기분이 어땠을지, 수림은 그림이 너무나 잘 그려져 말을 아꼈다.

"이후로 두 번 정도 더 경기를 했습니다. 그런데 더는 못하 겠더라고요."

"생각보다 많이 힘들었습니까?"

"평생 운동만 했는데, 운동이 힘들 게 뭐가 있었겠습니까? 게다가 나머지 경기는 또 다 이겼는데. 그런 건 문제가 아니 었어요. 다만, 어머니 속을 더 태울 수가 없겠더라고요. 그래 서 직접 선수로 뛰는 건 거기까지만 하기로 했습니다. 나름 재능은 검증받았으니 이대로 지도자의 길을 걷자. 스승님께 서도 이미 그게 더 괜찮을 것 같다고 하셨고요. 부모님이 저렇 게 반대하시는데, 그래도 고집을 피우면 그게 정말 불효가 아니겠냐고 하셨죠."

수림은 고개를 끄덕였다. 충분히 이해가 되는 상황이었다. 당시 보수적인 시대상으로는 손이 귀한 집 종손이 격투기를 고집한다는 건 상상하기 어려웠다. 아마 본인은 형의 부재가 그래서 더 원망스러웠으리라. 물론, 격투기 선수라는 직업은 그런 것과 전혀 별개로 부모의 마음에 들지 않았을 테지만, 자신의 뜻대로 제대로 한 번쯤은 고집을 부려보고 싶은 마음, 그리고 그 마음이 받아들여지지 않았을 때의 마음은 또 온전히 개인의 영역이다. 낙담은 피하지 못했을 터였고, 그 과정에서 부재중인 형을 탓하고 싶은 마음도 컸으리라.

수림이 뭐라고 해야 할지 말을 고르고 있을 때, 잠시 감상에 젖어있던 박경철이 먼저 말을 꺼냈다.

"제가 시합 날짜 잡힌 이후로 스승님이 식사 때 곰탕을 내오셨다고 했죠? 전 그게 선수 스태미나 관리해주는 거라고 생각했는데, 아니었어요. 어머니가 뒤에서 저 몰래 끓여서 관장님께 챙겨달라고 드린 겁니다. 행여나 본인이 직접 준비하시는 걸 제가 보게 된다면, 제가 선수로 계속 활동해도 괜찮은 거로 착각을 할까 봐 그러신 거겠죠. 자식은 걱정되고. 챙겨는 줘야겠는데, 그렇다고 계속해도 된다고 승낙하실 수는 없으셨던 겁니다."

　수림은 먹먹한 마음이 들었다. 어머님은 조금 전 과일을 내주시고 가셨다. 그럼, 지금은 어떤 마음으로 다과를 차려주신 걸까? 수림은 어머님에 대해 더 여쭈어보려다 말고 일단 펜을 제자리에 놓았다. 쓰려는 글은 격투기의 긴박감도, 어머님의 사랑도 아니었으니까. 중요한 건 그런 일련의 흐름 속에서 그가 어떤 선택들을 해왔는지, 앞으로 그 선택들이 어떤 힘을 보여줄지에 있다.

　"그럼, 계속 말씀해 주시겠습니까? 선수를 그만둔 그 이후에는 어떻게 되었나요?"

14

마태오의 첫 시합은 엉망이었지만, 이후로는 연승을 이어 갔다. 그대로 챔피언을 노려봐도 될 기세였지만, 마태오는 격 투기 선수생활을 계속 이어가지 않았다. 그의 선수생활은 매 우 짧았다. 본인의 욕망만을 위해 감히 어머니 미리암을 슬 픔 속에 가둘 수는 없기 때문이다. 미리암은 마태오의 경기 가 있을 때마다 눈에 띄게 야위어졌고, 불안함에 머리가 하얗 게 셀 정도였다.

결국 마태오는 링에서 내려오기로 했다. 그리고 그의 두 발 이링에서 내려오자마자 가브리엘은 그에게 새로운 길을 펼쳐

보였다.

"이번에 체육관 지점을 하나 더 늘릴 생각이야. 난 네가 거기 맡아서 운영해줬으면 좋겠구나."

"네? 제가요? 운영을요?"

마태오는 너무 놀라서 두 눈이 튀어나올 뻔했다. 그럴 수밖에 없는 게 그는 이제 겨우 열아홉의 나이였고, 군 입대도 하지 않은 상태였기 때문이다. 격투기 선수를 해보라는 말을 처음 들었을 때와는 다른 반응일 수밖에 없었다. 마태오는 자신이 없었다. 누군가를 전문적으로 가르치며 운영 전반을 직접 하기에는 스스로 생각에도 너무 어린 것 같았다. 여전히 미성숙한 자신의 말을 과연 사람들이 믿고 따라줄까? 조금도 확신이 들지 않았다.

"솔직히 그러기에는 제가 아직 어린 게 아닐까요?"

"어리지. 그런데 어리니까 해보라는 거야. 그렇지 않다면, 어린 사람은 어떻게 경험을 쌓아서 어른이 될 수 있겠냐? 그리고 늘 이야기하지만, 무도인에게 나이가 중요하더냐, 아니면 수련의 시간과 깊이가 중요하더냐?"

마태오는 말을 잃고 말았다. 당장 스승 앞에서 어떻게 반응을 해야 좋을지도 몰랐다.

"한 번 해봐라. 아니, 난 네가 제발 해주길 바란다. 네가 해봐야 알 수 있을 테니까. 현실을 살면서 관원들에게 무예를 전파한다는 건 결코 쉬운 일이 아닐 거야. 마음 같아서는 내게 배운 그대로 착실하게 기술과 정신만 알려주면 될 것 같겠지만, 막상 뚜껑을 열어보면, 생각과 많이 다를 게야. 체육관을 유지하기 위해 매달 나가야 하는 운영비에 대한 부담감에다가 네 뜨거운 마음과는 달리 모여들지 않는 관원들 때문에 흔들리기도 할 테지. 솔직히 난 네가 그 과정에서 실패를 해보길 바란단다. 아주 와장창 말이야. 정말이다. 네가 그런 쪽으로 천재라서 단박에 성공한다면, 당장에는 내게도 좋고, 네게도 좋은 일이겠지만, 대신 넌 잠깐의 성취감과 함께 여러모로 시시한 마음도 들겠지. 그러니 난 네가 훌륭하게 잘 해내기보다는 크게 실패해 보길 바란다는 거야. 마침 입대 전이니 얼마나 좋으냐? 실패해도 괜찮잖아. 까짓 입대하고 머리 비우고 식히다가 전역해서 쉬면서 견문 넓히고 다시 돌아오면 되잖아. 그땐 세상 보는 눈이 또 달라져 있을 테니, 다시 도전하면 된단 말이야. 그러니 괜찮아. 정말, 실패해도 괜찮다고."

가브리엘의 진심은 마태오를 흔들었다. 아니, 정확히는 마태오 안에서 다시 겹겹으로 쌓아올려지던 어둠을 흔들어 깨버렸다. 그건 미리암을 실망시키지 않기 위해 애쓰려는 자신의 마음과 하고 싶은 것을 향한 열망, 그리고 그걸 가로막는, 사라졌지만, 사라지지 않고 여전히 남아 자신의 발목을 단단히 잡고 있는 형이라는 그림자 때문이었다. 형이 사라지지 않았다면, 형이 정말 아직 집에 있었다면, 손이 귀한 집의 장남 역할 같은 건 강요받지 않았을지도 모른다. 마태오는 원망스러운 마음에 사로잡혀 자신도 모르는 사이에 이미 부정적인 마음을 단단하게 굳히던 중이었다.

다행히 가브리엘은 마태오가 엉뚱한 생각을 하지 않도록 이번에도 시기적절하게 먼저 손을 내밀어주었다.

"가, 감사합니다. 저, 정말, 정말로 감사합니다!"

무겁게 쌓아올려져 있던 마태오의 감정들이 순식간에 허물어졌다. 자신을 향한 스승의 무한한 신뢰와 사랑. 마태오는 이제 누구보다 탄탄한 육체를 가진 몸이었지만, 근육 안에 숨은 감성의 살점들은 여전히 여리기만 했다. 어떻게 고마운 마음을 표현해야 할지도 몰라서 안절부절 못하고 있을 때,

가브리엘이 마태오의 등을 두드려주었다.

"내가 말할 때까지는 이제 운동도 쉬고, 애들 가르치는 것도 쉬어라. 대신 늘 아침마다 나와서 나와 함께 명상을 하고, 청소를 해라."

마태오는 스승의 말에 그저 고개만 끄덕였다. 그리고 그 끄덕임은 아침마다 이어진 명상 자리에서도 똑같이 이어졌다.

"명상은 굉장히 힘든 거야. 피곤한 상태의 사람에게 마음을 편안히 하고 앉아 있어보라고 하면, 태반이 자신도 모르는 사이에 잠이 들어버린단다. 오죽하면 수련하는 스님들도 죽비(竹篦)로 어깨를 내리치겠느냐? 그러니 정신을 집중해야 해. 끊임없이 자신에게 물음을 던지고, 또 던지는 거야."

그렇지만 그간 강도 높은 훈련으로 몸에 피로가 누적되어 있던 마태오는 새벽마다 가부좌를 틀고 앉은 채로 꾸벅꾸벅 졸아버리기 일쑤였다. 안타깝게도 마태오가 명상의 힘을 제대로 인식하고 활용하게 되는 건 그로부터 십여 년이나 훨씬 더 지난 뒤였다.

15

수림과 박경철 앞에 놓여 있던 다과 접시는 이미 깨끗하게 비워진지 오래였다. 한 사람은 이야기에 집중하느라 커피를 빠르게 비웠고, 한 사람은 말을 많이 하느라 입이 마르지 않게 하기 위해 과일을 빠르게 먹었다.

그래도 여전히 인터뷰는 이어지고 있었다.

"그렇게 대략 일 년 반 정도를 했을 거예요. 제가 당시에 정말 많은 걸 느꼈습니다. 사업체를 하나 경영한다는 게 대략 이런 거구나 싶었다고 해야 할까요? 이제는 경호업체를 제가 직접 하면서 직원들도 여럿 두고 있습니다만, 그때는 진짜 모든 게 낯설고 막막했었죠. 관원 모집한다고 전단지 돌리는 것부터 직접 제 손으로 했었는데, 동네 낯을 들고 다니기 부끄럽다거나 이런 생각은 하나도 안 들었습니다. 그런 것보단 이렇게 했는데도 전화 한 통 안 오면 어쩌지? 그런 생각만 들었죠. 하하하."

"그래서 돌린 만큼 연락은 왔었나요?"

"다행히 관원들은 제법 왔어요. 아무래도 스승님이 직접 운영하시는 본관이 또 있으니까, 소문난 것도 있고요. 물론, 성인부는 어린놈이 뭘 알겠나 하고 왔다가 그냥 가는 분들도 많았고요. 며칠 나오시던 분도 제가 좀 빡빡하게 하면 자존심이 그러셨는지 그 이후로 안 오신 분들도 있으시고요. 하하하. 뭐, 그런데 그런 것보다는 협회나 다른 체육관에서도 제가 어리다고 얕잡아 보는 분들이 많았어요. 그게 좀 기분이 그랬죠. 솔직히, 네. 뭐, 그런데 다 이해는 됩니다. 그땐 제가 아직 군대도 안 다녀왔을 때니까요."

"그럼, 대략 일 년 반 정도를 운영해보셨다는 건 역시 입대 때문입니까?"

"네, 그렇죠. 그렇게 있다가 바로 입대를 했습니다. 평생 운동만 하던 몸이라서 군대에 가서도 사범으로 있다가 전역

했습니다. 남들은 쉬는 시간이라고 축구 경기하고 할 때, 전
그때도 단증 없던 사병들 대상으로 태권도를 가르치고 있었
어요."

수림은 그가 입대한 정확한 시기나 그날의 날씨, 분위기,
훈련소 생활, 배치 받은 자대에서의 생활 등 궁금한 요소들
이 제법 있었지만, 시시콜콜하게 따로 묻지는 않기로 했다.
의뢰인이 힘줘서 말하는 부분, 반드시 따로 서술되었으면 하
는 부분이 아니라면, 그렇게 소재를 받아서 잘 살려 보려고
해도 중심 내용과는 곧잘 멀어지는 경우가 빈번했기 때문이
다. 다행히 이번에도 수림의 염려를 잠재우는 에피소드가 갑
자기 튀어나왔다.

"아, 군대 시절이라면, 소대장님에게 은혜 입은 이야길 빼
놓을 수가 없죠. 지금은 오래되어서 성함이 잘 기억나진 않습
니다만, 아주 고마운 분이셨습니다. 제가 그분 덕에 대학을
갈 수 있었거든요."

"대학이요? 그럼, 전역 이후에 따로 입시고사를, 그러니까
그 시절이면 본고사 시절이었습니까? 학력고사였습니까? 하
여튼 그런 시험을 치르셨던 겁니까?"

"그랬습니다. 뭐, 그렇다고 좋은 대학을 갔던 건 아닙니다. 경산에 있는 경일대에 제가 갔었죠. 이미 제 체육관을 직접 운영하던 때라서 딴에는 제대로 경영학을 배워서 뭘 더 해보 겠다고요. 그것도 전역하고 주간에는 계속 체육관 운영을 해야 해서 야간 대학으로 갔어요. 진짜 대단한 결과는 아니었습니다. 하하. 뭐, 솔직히 학창시절 내내 운동만 해서 공부랑은 담을 쌓고 지냈으니까요. 그런데 군대에 있으면서 생각을 해보니까 제가 이대로 전역하면 또 평생 운동만 하다가 남은 인생도 공부랑은 정말 담을 쌓고 지내겠다 싶더라고요. 하하하. 그래서 군대가, 군대에 있었던 시절이 말이죠. 제게는 인생에서 공부에 대한 미련을 안 남길 기회를 줬었다. 뭐, 지금은 그렇게 생각을 하고 있습니다."

"그러셨군요. 미련이 안 남을 만큼 열심히 하셨나 보군요. 음, 정말, 그랬겠죠. 전혀 공부를 안 하다가 스무 살 넘어서 공부를 시작한 거고. 게다가 그 시작도 사회 나와서 한 게 아니라, 군대에서부터 시작을 하셨다고 하니까요. 어디라고 하셨든, 그렇게 해서 대학을 갔다는 건 대단한 거라고 봅니다. 말씀처럼 전혀 공부를 안 하시다가 유리하지 않은 환경에서 백지에서 시작한 거나 다름이 없었을 테니까요."

"네, 그건 맞습니다. 그래서 시작이 좀 어려웠던 것도 맞고요. 그때 소대장님 도움이 정말 컸습니다. 간절했던 제게 큰 힘이 되었죠."

　박경철과 수림은 서로 띠동갑의 나이 차이가 있어 시간의 축이 달랐고, 생활했던 부대도 달라서 물리적인 공간의 축도 달랐다. 때문에 박경철의 군대 시절 경험담은 수림의 그것과는 조금 차이가 있었다. 일단 연등 문제가 그랬다. 군부대는 통상 저녁 점호 후, 밤 10시가 되면 곧장 취침 소등에 들어간다. 때문에 의뢰인은 그런 불편 속에서도 공부를 하고자 유일하게 빛이 허락된 화장실을 이용했었다고 했다. 대변기 위에 앉아서 책을 펴고 노란 불빛에 기대어 부족한 공부를 채워갔다는 것이다. 그야말로 형설지공(螢雪之功). 그렇지만, 수림이 군대 생활을 하던 시기에는 조금 달랐다. 그 시절에 비하면 엄청 개선된 편의가 제공된 셈이다. 수림이 복무했던 군부대는 연등 희망자들을 사전에 접수받아 그 인원들만 자정까지 중대본부 행정실에서 원하는 공부를 이어갈 수가 있었다.

　그다음으로 다른 게 B.O.Q 건물의 독서실이었다. 수림은 그런 시설이 부대 안에 있을 수 있는지조차 모른 채로 전역을 했다.

"아시겠지만, 원래 일반 병사들은 간부들 B.O.Q 건물에는 입실 자체가 안 되지 않습니까? 간부들 숙소에 사병들 드나드는 것 자체가 안 되는데, 제가 그렇게 밤마다 공부한다는 걸 알게 된 소대장님이 건의를 해주셨던 겁니다. 일반 사병들 중에 원하는 이용자가 있으면 입실 시켜서 공부를 하게 해주자고요. 일과 후에는 본인이 직접 당직 근무하는 셈 치고 자정까지는 독서실 지키고 있겠다고 하면서요."

"정말 주변에 큰 도움을 주신 분들이 많이 계셨네요."

"그렇죠? 정말 제가 다 겪은 일이지만, 돌아보면, 정말 그렇습니다. 전 정말 많은 분들의 도움을 받아 여기까지 왔습니다. 정말 인생에 감사할 일이죠."

수림은 박경철의 말에 고개를 크게 끄덕였다. 그리고 머릿속에서 한 순간 삼국지의 유비(劉備)가 지나가는 걸 놓치지 않았다. 중국인들이 재능 많고 술수에 뛰어난 조조(曹操)보다 별다른 뛰어난 능력이 없는 유비를 더 선호하는 이유. 물론, 그 바탕에는 타고난 글쟁이였던 나관중의 공이 컸다. 한 고조 유방과 유비를 동일시하려는 이미지 메이킹은 소설 『삼국지연의』 곳곳에서 등장한다. 특히 그가 덕(德)을 행하거나 덕으로 기연을 쌓고 관직을 얻거나, 인재를 등용하거나, 땅을 구할 때면, 더욱 치밀하게 촉한정통론을 끌어왔다. 덕분에 유비는 가진 능력은 대단하지 않았지만 덕으로 제갈량과 방통, 관우, 장비, 조운 같은 희대의 군사와 명장을 품을 수 있는 리더로 묘사되었다. 그러니 유비에게서는 어떤 권력적인 야욕이 엿보인다거나 계략의 수 싸움을 보는 재미보단 그가 마지막까지 지키려는 이념들이 더욱 굵직하게 보이게 된다. 그건 바로, 패망한 한 왕실에 대한 충성과 자신을 믿는 모든 자들에 대한 절대적 의리다. 오랜 시간 중국인들은 그런 유비에 모습에 반응해 왔다. 시간이 흘러 국내에서 능력자인 조조에 대한 평가가 근래에 들어 우호적으로 달라진 것과 달리 중국 내에서는 여전히 유비와 그의 의형제 관우의 인기가 압도적이다. 의리란 원래 그렇게 소나무처럼 흔들리지 않는 게 멋이니까.

수림은 펜을 들어 박경철의 이름을 쓰고, 그 옆에 <유비?>라고 메모를 하였다. 그리고는 또 다시 빠르게 몇 가닥의 사선을 그어가며 메모를 이어갔다. <그릇의 크기>, <덕의 형태> 등 글을 쓰는 당사자가 아니면 알아볼 수 없는 메모들이었다. 아마 자신의 의뢰인인 박경철이 정말 유비 같은 인물이라면, 그래서 정치 입문을 입에 올릴 수 있는 거라면, 지금까지 그에게 도움을 준 이들에게 흔들림 없는 어떤 무엇을 보였기 때문이리라. 수림은 마지막 줄에 <?>를 크게 그렸다. 지금까지 듣기로는 의뢰인 박경철의 모습은 곧은 직선, 흔들림이 없는 열정, 그래서 그 열정이 길을 불러오는 모습이었다. 그런 모습은 수림 본인의 모습과도 닮은 지점이 있다고 느끼고 있었다. 실제 수림의 인생도 결국 원하던 일을 쫓아서 무작정 달리다 보니 오늘에 이른 것이니까.

그렇지만, 위정자(爲政者)가 된다는 건 또 다르다. 열정만으로는 한계가 있다. 의리도 소설에서나 낭만적일 수 있다. 결국 정치는 타협이다. 칼을 품에 품고, 타협 속에서 세력을 키우다 최후에 뜻을 펼치는 게 정치다. 때문에 당이 존재하고, 원내대표가 존재하고, 끊임없는 분열이 존재한다. 그런 혼란스런 틈바구니 입구에 오기까지 수림의 의뢰인은 무엇으로 사람을 움직여왔는가? 무엇으로 주변을 감응시키고, 무엇으로 사람들을 품었을까?

수림의 노트에서 <?>는 덧씌워져 자꾸만 커져갔다.

"군대는 그렇게 전역했습니다. 일과 시간에 태권도 사범하고, 해가 지면 공부하고, 그렇게 짬밥 잘 먹다가 하하하. 전역해서 다시 사범 일 좀 하다가 곧바로 제 체육관을 차린 거죠.

그때부터 십여 년 정도를 정신없이 살았습니다. 중간에 결혼도 하고, 아이들도 낳고 말이죠. 그런데 웃긴 게 말이죠. 인생은 정말 한 치 앞을 내다볼 수 없는 거 같아요. 제가 스승님 밑에서 명상을 하라고 해서 할 땐 정말 졸기만 졸았는데, 하하하. 그렇게 나이 먹고 나서 누가 또 저보고 명상을 꼭 해보라고 하더라고요. 자신의 그릇이 넓어진다고. 큰일을 하려면, 사람을 담을 수가 있어야 하는데, 그럴 거면 그게 자신부터 스스로 가늠할 수가 있어야 한다고 말이죠."

"음, 좋은 말 같은데요? 그래서 효과가 있었습니까?"

"어허, 작가 양반이란 사람이 이렇게 감이 없으셔서 어떻게 하십니까?"

"네?"

"이럴 땐 효과가 문제가 아니라, 누가 나한테 그런 이야기를 했냐, 언제, 어떻게 했냐가 문제인 거죠."

수림은 대답 대신 빙긋이 웃어 보이며 노트에서 <?> 주위로 동그라미를 치고, 다시 그 옆으로 사선을 하나 길게 뺐다.

3

별, 상처를 안고 성장하다

16

마태오는 순리(順理)에 몸을 맡겼다. 전역한 이후로 그의 삶은 더욱 단순해졌고, 바빠졌다. 그게 그에게 찾아온 시간의 흐름이었다.

마태오는 우선 독립해서 체육관을 차렸다. 그리고 야간 대학에 진학했다. 스스로 어디까지 해낼 수 있을지 알 수 없었기에, 우선은 모두 다 도전하기로 했다. 오래지 않아 연애도 하게 되었고, 자연스레 결혼까지 이어졌다. 그 사이에 대학은 휴학하는 경우가 잦아졌고, 마지막에 휴학 기간이 일정 기준을 초과하게 되자 제적 처리가 되었다. 그렇지만 마태오는 조금도 후회하지 않았다. 오히려 마음이 홀가분해졌다. 평생 공부와 담을 쌓고 지냈던 자신이 어디까지 학업에 정진할 수 있는지를 가늠할 수 있는 기회였고, 일과 병행했을 때 어떤 결과가 찾아올 수 있는지를 확인할 수 있던 시간이었다. 무엇보다 일이 겹쳐서 하나를 선택하고 집중해야 할 때가 오면, 어떤 마음가짐으로 임해야 하는지에 대해 스스로 기준을 세울 수 있었다.

'순리대로 하자.'

그렇게 격투기 선수 생활을 그만두고, 사회에서 자리를 잡아가기까지 순리에 몸을 맡겼더니 대략 십여 년의 시간이 물처럼 조용히 흘러갔다. 그때까지 마태오는 지나온 시간 속에서 내면이 조금 더 단단해지기는 했지만, 그렇다고 삶의 어떤 방향성이 더욱 뚜렷해진 건 아니었다. 가정을 이루고 나서는 당장 주어진 하루하루 일상에 더욱 충실해졌을 뿐, 어떤 목표의식이라고 할 건 오히려 부재한 상태였다. 주변의 가족들은 그런 마태오를 보며 이상적인 행복에 근접한 삶이라고 생각했다. 그에겐 아내가 있었고, 아이들이 태어났고, 일에 있어

서도 평생 그가 직접 땀을 흘렸던 만큼 보상받았기에 별다른
부족함이 없었으니까.

 '순리대로 하자.'

  그래서 마태오는 더욱 자신을 이끄는 흐름에 자연스레 몸
을 눕히게 되었다. 고요했다. 물론, 고요함 전에 작은 소란들
이 전혀 없었던 건 아니었다. 너무 일찍 체육관을 직접 차렸던
탓에, 그를 달갑지 않게 여기는 시선들이 있었다. 마태오는
겸손하게 주변을 대했지만, 관련 업종의 종사자들 중 몇몇은
그를 같은 위치의 동등한 관장으로 보지 않았다. 그들은 자
연스레 마태오를 업신여기는 발언을 했고, 의식적으로 마태오
에게 발언 기회를 주지 않으려고도 했다. 마태오는 오기가 생
겼다. 그가 젊은 건 맞았지만, 어린 건 아니었고, 그렇다고 해
서 수련의 깊이가 얕거나 부족한 것도 아니었다. 겸손을 실천
한다는 점에서 오히려 그는 자신의 스승에게 제대로 배운 몸
이라고 자부할 정도였다.

 '까짓것, 챔피언을 하나 만들어 버리자.'

마태오는 실력으로 자신을 증명해 보여야겠다는 생각에 격투기 시장으로 눈을 돌렸다. 챔피언 벨트를 찬 사람이 자신의 관원이라면, 자신과 자신의 체육관을 함부로 여기지는 않을 것이란 생각에서였다. 마태오는 변화하는 격투기 시장의 흐름 속에서 프로태권도를 눈여겨보았다. 그가 직접 선수 생활을 했을 때처럼 그래플링이 허용되지 않는 입식 타격을 기반으로 하는 격투기였다. 무엇보다 매력적인 건 기존의 태권도에 대한 편견, 즉 동네 어린아이들이나 익히는 생활체육이라는 인식을 완벽히 깨버릴 수도 있다는 점이었다. 마태오는 곧장 관원들 중 선수로 적합할 사람을 찾기 시작했고, 주변을 수소문해 희망자의 지원을 받기도 했다. 그런 일련의 흐름과 노력이 순리를 따른 것이었을까? 마태오는 정말 오래지 않아 챔피언을 배출하게 되었다.

'순리대로.'

그러자 정말 마태오를 업신여기던 인물들이 하나둘씩 마태오 앞에서 언행을 조심하기 시작했다. 그리고 챔피언을 배출한 체육관이라는 소문이 돌아 관원들이 어느 순간 부쩍 늘어나 있었다. 마태오는 자신이 직접 운동하면서 했던 노력과 배우면서 익힌 걸 고스란히 다 쏟아내지 않아도 주변의 흐름이 변하여 복으로 되돌아온다는 게 그저 신기했다. 그러니 그런 그에게 깊은 고요가 찾아온 것은 그리 놀라운 일이 아니었다. 그 시절, 그가 속으로 끊임없이 되뇌었던 것처럼 순리에 맞게 일상이 정리되어 자리를 찾고, 길이 열리는 삶이 실현되고 있을 뿐이었다.

그리고 당연한 이야기이지만, 이런 고요가 자리를 떠날 땐 여태까지 본 적 없는 태풍을 불러오기 마련이다. 전역 이후로 대략 십여 년이 지나 마태오가 아직 서른 중반이 되기 직전의 어느 여름이었다.

세상의 변화는 마태오에게 인연들을 불러왔고, 인연들은 잘 다듬어진 일상에 균열을 만들어 그를 혼란으로 잡아끌었다.

17

현실에서 도미노의 첫 블록을 찾기란 쉽지 않다. 나비효과를 불러온 나비의 날갯짓은 분명히 존재하지만, 그게 어떤 나비에게서 비롯된 것인지를 찾기란 쉽지가 않다는 말이다. 간혹 소설가들이 소설적 상상력에 의존하여 말하고자 하는 사건의 결말에 대한 연결고리를 만들기 위해 전혀 다른 이야기를 시작하는 경우들이 종종 있는데, 이건 어디까지나 그들의 상상력이다. 현실은 훨씬 더 복잡하고, 우연으로 가득 차 있다. 그래서 닭이 먼저인지, 계란이 먼저인지를 두고 여전히 고민할 수 있는 게 우리의 현실이다.

마태오가 겪은 사건도 그렇다. 이전까지 고요해 보이던 그의 일상도 사실은 촘촘하게 짜인 여러 사건들이 만들어낸 결과였다. 그리고 무엇이 먼저인지 모를 사건들의 연속과 연결은 결국 그에게 파란(波瀾)을 선사하게 된다.

그러니까 어쩌면 시작은 인터넷이었을지도 모르고, 아니면 마태오가 평소보다 일찍 퇴근을 해서였을 수도 있다. 그것도 아니라면, 그가 체육관 사무실에 데스크탑 PC를 구매해서 둘 때부터 이미 도미노가 시작된 것일지도. 현실은 그런 거다. 굳이 들추어서 맞추려고 해보면, 뭔가 다 원인이 있는 것 같아 보여도 막상 들여다보면 또 개연성은 몽땅 상실한, 이가 빠진 퍼즐조각들이랑 다를 바가 없다. 엉망진창이다.

마태오가 서른 초반에서 중반으로 접어들 무렵, 세상은 좁아지고 있었다. 그래서 사람들은 닭이 먼저인지, 계란이 먼저인지를 두고 온라인 채팅으로 떠들 수가 있었고, 때로는 물 건너 해외에 살고 있는 타인에게까지 이런 문제로 말을 걸 수도 있었다. 아니, 꼭 그런 게 아니더라도 각종 인터넷 메신저들은 아무 연관이 없는 대화 상대를 추천해 주기도 했고, 많은 이들이 전혀 낯모르는 타인을 향해 아무 의미 없는 우스갯소리를 던지기도 했다. 그런 모든 일들이 무차별적으로 일어났고, 마태오의 주변도 조금씩 소란스러워지고 있었다.

그래서 그에게도 쪽지가 날아왔다.

— 안녕하세요, 반갑습니다. '나나시상'이라고 합니다. ^^

— 네, 안녕하세요. 그런데… 친구 추가가 안 되어 있는데, 누구신지요?

그게 닉네임 '나나시상'과의 첫 인사였다.

— 아, 저는 수상한 사람은 아니고, 그냥 바다 건너 동쪽 나라의 섬에서 거주하고 있는 사람입니다. 뭐, 반은 그쪽 나라 사람이고, 반은 이쪽의 사람이죠.

— 그러시군요. 듣고 보니 정말 수상한 사람이시네요. 야, 장난치지 말고. 너, 누구야? 파브리지오? 너냐?

마태오는 수상한 닉네임을 차단할지 말지 잠시 망설였다. 친구 추가가 되어 있지도 않은데, 대뜸 말을 거는 것을 보니 동창생들 중 누군가가 장난을 치는 게 아닌지 의심이 되었다. 그때쯤, 마태오 나이대의 온라인 이용자들은 메신저에서 동창생들을 찾아내 연락해 보고, 잊고 지냈던 장난을 다시 쳐

보는 게 유행이었다. 그리고 그런 유행을 틈타서 신종 온라인 사기도 증가하던 추세였기에 마태오는 낯선 닉네임 앞에서 긴장을 늦추지 않고 대화를 지켜봤다.

— 하하, 파브리지오라는 친구 분이 있으신가 보군요. 죄송하지만, 진짜 저는 해외에서 거주하고 있는 사람입니다. 절대 수상한 사람이 아니라, 그냥 말동무가 필요해서 연락해 봅니다.
— 네, 그러시군요.

마태오는 퉁명하게 대꾸하고는 대화창을 닫았다. 메신저를 이용한 온라인 채팅에서 정체를 제대로 밝힐 사람은 드물다. 그러니 괜히 엮여서 피곤해지기보다는 말을 피하는 게 편했다. 온라인 채팅처럼 가상공간에서 일어나는 일에는 신경 쓸 겨를이 없었다. 당장 그를 현실로 불러오는 일들과 사람들이 있었기 때문이다. 컴퓨터를 끄고 자리에서 일어나 사무실을 나섰다. 그저 집으로 발걸음을 향하기만 했는데, 이미 그의 코끝에는 저녁밥 냄새가 찾아온 것 같았다. 강렬한 허기와 함께 아늑한 집이 그리워져 발걸음을 바삐 옮겼다.

그렇게 나나시상과의 대화는 끝이 났다. 아니, 끝이 난 줄 알았다. 그렇지만, 둘 사이에 어떤 접점이 있었는지 둘은 며칠이 채 지나기도 전에 다시 대화를 나누게 되었다. 이번에는 여러 사람들이 한 공간에 있는 단체채팅방이었다. 그냥 운영자가 틀어주는 음악을 모여서 감상하는 채팅방이었고, 서로 문맥 없는 대화들이 어지럽게 이어지고 있었는데, 그런 혼란을 틈타 나나시상이 다시 또 말을 걸어왔다.

　— 안녕하세요, '떼오는강해'님!
　— 안녕하세요, 그런데 저 아세요?
　— 하하하, 며칠 전에 잠깐 인사 나눴던 나나시상입니다. 기억 안 나세요? 제가 수상한 사람이 아니라고 했는데, 수상한 사람인 줄 아시고 그냥 창 닫으셨던 거?
　— 그랬나요? 그건 기억이 잘 안 나지만, 지금도 당장 창을 닫고 싶긴 하네요. 제 닉네임을 설마 기억하고 있으셨단 말인가요?
　— 네, 독특해서 다시 보자마자 기억이 나네요. 닉네임이 독특하시기도 하셨고, 그런 식으로 다짜고짜 사라지셨던 분도 오랜만이라서 기억을 못 할 수가 없었네요.

　마태오는 더욱 의심이 짙어졌지만, 무작위로 흘러나오고 있는 노래들이 하나같이 마음에 들어서 괜히 채팅방을 나가고 싶지는 않았다. 대신 적절하게, 덤덤하게, 반쯤은 무시하며 나나시상의 말을 듣고 대꾸해줬다.

— 전 정말 수상한 사람도 아니고, 별 뜻도 없습니다. 그냥 메신저에 친구 추천이 떠서 인사드렸을 뿐이에요.
— 네, 그러시군요. 그런데 보통 그런 건 사진을 등록해둔 사람들끼리 말을 걸고 하지 않나요?

채팅에 대한 마태오의 인식은 그처럼 아주 단순했다. 직접 오프라인에서 사람을 만나 땀을 흘리며 함께 운동하고, 운동을 가르치고, 운동을 배우고, 그렇게 살아왔던 터라 익명성 뒤에서 모르는 사람과 일정한 거리를 두고 친해진다는 게 그에게는 매우 낯설고, 그 자체로 거부감이 드는 행위였다. 그러니 사진을 등록해둔 사람들끼리 말을 건다는 건 이성에게 관심 많은 청춘남녀들이 아니고서는 왜 모르는 이에게 말을 거는지 조금도 이해가 가지 않았던 것이다.

— 생각보다 훨씬 재미있으신 분이시군요. 네, 그럼 이만.

이번에는 나나시상이 먼저 창을 닫았다. 마태오는 처음 겪는 상황에 당황스러움을 느낀 나머지 어안이 벙벙했지만, 이내 곧 무시하고 메신저를 껐다. 뭔가 억울한 마음이 들기도 했지만, 고작 채팅이었다. 그렇게 마태오는 나나시상을 완전히 까맣게 잊어버렸다.

일단 여기까지만 봐도 그렇다. 무엇이 먼저였는지는 모호하다. 인터넷의 발달이 문제인지, 해외 인원들도 채팅 참여를 가능하게끔 했던 프로그램 관리자들이 문제였는지, 관원 관리를 위해 데스크탑 PC를 체육관 사무실에 뒀던 마태오 본인의 문제였는지, 모든 건 명확하지가 않다. 다만, 한 가지는 확실하다. 그 모든 이유들이 모여 얼개를 짰고, 그렇게 짜인 얼개는 우연이라는 이름으로 나나시상과 떼오는강해를 빈번하게 마주치게 했다. 아니, 더 정확히는 술래잡기라는 말이 맞을지도 모르겠다. 서로의 로그인, 로그아웃 시간이 묘하게 엇갈렸다. 그렇게 서로가 오고 가는 것만 확인하고 아무도 먼저 말을 걸지 않던 어느 날이었다.

— 안녕하세요, 반갑습니다. 나나시상이라고 합니다.
— 아, 네, 반갑습니다. 안녕하세요.

나나시상이 먼저 마태오에게 말을 걸었다. 그것도 마치 처음 보는 사람인 것처럼. 이번에는 마태오도 크게 경계하지 않았다. 마태오도 마치 처음 보는 사람인 것처럼 인사를 받았다. 그도 마침 지루하던 참이었고, 대체 자신에게 무슨 말을 하고 싶은 것인지 궁금하기도 했다.

— 혹시 무슨 일을 하시는지요? 전 여기서 의대에 진학해 의사 준비를 하고 있는 중입니다.
— 멋진 일을 하시네요. 전 그냥 동네에서 체육관을 운영하고 있습니다.

이후로 둘의 대화는 제법 길어졌다. 무엇보다 나나시상의 이야기가 제법 재미있었다. 태어난 곳에서만 살아왔던 마태오에겐 나나시상의 일상 자체가 새로운 세상이었고, 신선함의 연속이었다. 둘의 대화는 단발성으로 그치는 게 아니라, 무작위로, 종종, 만나며, 계속해서, 이어졌다.

— 뭐, 그렇습니다. 여기 사람들은 아무래도 우리보다 좀 고약한 부분들도 있어요. 물론, 여기 경제수준은 우리가 아직 넘볼 수준이 아니지만, 그렇다고 뭐, 대단할 것도 없다는

말이죠.

— 그런데 의사 선생님이 되려면, 이렇게 채팅할 시간이 없는 게 아닙니까? 보니까 한국에서는 굉장히 팍팍한 것 같던데요.

— 꼭 그렇지도 않아요. 의사도 의사 나름이라서.

둘은 채팅을 통해서 만나게 되었지만, 심적인 거리감은 급속도로 좁혀지고 있었다.

— 그런데 닉네임 나나시상은 무슨 말입니까?

— 아, 그건 이쪽 말로 한자어를 그렇게 읽더군요. 표기하면 '名無しさん' 정도가 되고요. 뭐, 우리말로 무명 씨? 아무개 씨? 정도가 되겠죠. 그럼, 떼오는강해는 뭡니까?

— 전 그냥 강한 사람이 되고 싶어서 그렇게 적었어요. 단순하게ㅎㅎㅎ.

— 그런 면에서도 통하는군요. 저도 단순한 게 좋아서, 닉네임 생각해내기 귀찮아서 만들었던 게 아무개입니다ㅋㅋㅋ.

나나시상은 이후로 마태오에게 메신저를 통해 일상 사진을 보내주곤 했었다. 그가 현장에서 배우고 있다는 병원 사진이라든가, 길에서 만난 고양이, 그리고 이국적인 청취가 물씬 느껴지는 아담한 주택들과 빛깔이 다른 하늘의 사진들. 카메라도 일반 핸드폰 카메라가 아닌 고급 렌즈로 촬영했는지 한 장, 한 장이 영화의 스틸컷처럼 몽환적인 느낌마저 주었다. 나나시상에게는 확실히, 마태오에게는 부족한 뭔가가 있었다.

그리고 나나시상도 마태오에 비해 부족한 부분이 있다는 것을 알게된 건 제법 시간이 더 흘러 둘 사이가 훨씬 더 가까워진 뒤였다.

18

마태오에게 나나시상은 이미 성공한 사람이었다. 채팅으로 나누는 대화가 고작이었지만, 풍기는 분위기가 이미 성공한 사람만이 뿜어낼 수 있는 무엇이었다. 대화를 나눌 때마다 나나시상의 독특하고 넓은 관점은 마태오의 좁은 식견으로 만들어진 연약한 세상을 가차 없이 깨트려버리고 말았다. 그럴 때면, 마치 마태오는 해변의 작은 모래알 같았고, 나나시상은 해변 전체를 삼키려고 덮치는 거대한 파도 같았다. 둘의 관계는 언제부터인가 기울어져서 마태오가 심적으로 나나시상에게 온전히 의지하게 되는 수준에까지 이르렀다.

— 저도 집에 애들이 있지만, 다 커 버려서 이젠 재미가 없습니다.

— 전 이제 애들이 일곱 살, 다섯 살쯤 되어서요. 한창 자라고 있어서 그런지 신경 쓰이는 게 한둘이 아닙니다. 최근에는 또 애들이 미술 쪽으로도 관심을 보이네요. 운동만 했던 저랑은 많이 다른 거 같아서 어떻게 해줘야 할지 막막한 느낌도 들고요.

— 혹시 학원이나 과외 같은 걸 생각하고 있는 건가요?

— 아무래도 부부가 직접 알려주기엔 제한이 크잖아요. 특히 저는 미술 쪽으로는 전혀 관심 없이 살아온걸요.

— 우선은 아직 어리니까 기술을 알려주기보다는 좋아하는 걸 마음껏 즐기고 탐구할 수 있도록 해주는 게 좋지 않을까요? 그러니까 우선은 생활에서부터 색감을 즐기고 자극을 받을 수 있게 해주면 더 좋지 않겠냐 하는 겁니다.

— 좋은 말씀 같기는 한데, 좀 어렵네요.

— 거창한 걸 해보라는 말이 아닙니다. 예를 들어서 애들 반찬 있잖아요. 집에서 먹을 때, 계란프라이를 하나 해주더라도 사랑을 담아서 조금만 더 신경 써 보세요. 그릇 색상들을 다양하게 한다거나, 흰자와 노른자로 된 계란프라이 주변에 녹황색의 야채나 전혀 다른 빛깔의 파프리카나 당근을 함께

데친 걸 뒤서 시각적으로 좀 다양하게 해준다거나, 그런 작은 변화들부터 줘보는 겁니다. 집에 벽지도 애들 원하는 색상으로 물어보고 같이 발라본다거나 하는 노력부터 해보고 기술을 주입해도 늦지 않을 테니까요. 또 애들은 아직 좋아하는 걸 찾는 중이지, 이걸 찾았다 하고 확정할 시기도 아니니까요.

— 아, 정말 좋은 방법입니다!

나나시상의 조언들은 이처럼 사람의 정서를 먼저 만져주는 섬세함이 있었다. 그리고 그런 섬세함은 긴 시간 속에서도 한결 같았다. 대화를 나누고 며칠이 지나 아이들 이름으로 택배가 하나 도착했다. 발송인을 보니 국내에서 보낸 게 아니었다. 나나시상이 해외에서 보낸 택배였다. 겹겹으로 쌓인 포장지는 나나시상의 섬세함을 다시 한번 보여줬다. 포장된 내용물을 조심스레 뜯어보니 거기엔 다양한 색상의 크레파스와 스케치북이 있었다.

— 언제 또 이런 걸 보내신 겁니까? 정말, 감사합니다!
— 대단할 걸 보낸 것도 아닌걸요. 크레파스와 스케치북은 거기서도 쉽게 구할 수 있는 거지만, 애들에겐 아무래도 향도 나고, 균이 잘 묻지 않는 게 더 좋을 거 같아서 보냈습니다.

스케치북도 거기에서 구하시는 것들보단 조금 더 두꺼울 거예요. 상인에게 들어보니 그림을 그릴 땐 가급적 두꺼운 종이를 써야 뒷면에도 다시 그릴 수 있다고 하더라고요.

그 외에도 짬이 날 때마다 나나시상은 마태오에게 내면의 그릇을 넓히고 가꿀만한 이야기를 끊임없이 들려주었다.

— 저도 슬슬 차를 바꿀 때가 되었나 봅니다. 차가 수리비 달라는 소리를 자꾸 하네요.

— 차의 안전은 매우 중요하죠.

— 네, 그래서 바꾸려고 하니까 염두에 둬야 할 게 한둘이 아니네요. 저도 체육관 관장이고 슬슬 나이도 먹어가고 있는데, 가성비 좋은 것만 찾기도 좀 뭣하고요.

— 음, 차의 안전은 매우 중요하지만, 방금 말씀하신 건 그리 중요한 이유는 아닌 거 같습니다.

— 어째서요? 사회 생활하는 입장에서는 아무래도 적당히 모나지 않으면서도 좋은 브랜드를 선택해야 괜찮은 거 아닌가요?

— 그게 차를 고를 때 이유 중 하나일 수는 있지만, 우선적으로 고려되어야 할 사항은 아니라는 거죠. 그럼, 제가 질문

을 해보겠습니다. 근본적으로 자동차가 있어야 하는 이유가 무엇입니까?

— 말할 것도 없이 가족들 때문이죠. 애들 데리고 어디든 다니려면, 차가 있어야 확실히 편하잖아요.

— 그렇죠? 그럼, 가족과 함께 하기 위해, 가족과 시간을 보내기 위해 차가 필요하시다는 거죠?

— 네, 그렇죠.

— 그럼, 다시 묻겠습니다. 가족들과의 시간이 그렇게 중요하다면, 가족들의 안전도 중요하겠죠?

— 그야 당연하죠.

— 네, 그러니 그것에만 우선 집중하도록 하죠.

— 네? 물론, 일은 셔틀 차량이 한 대 있으니까 평소에는 괜찮다지만, 아무래도 평일 저녁 이후나 주말에는 일 때문에 누굴 만나는 자리에 셔틀 차량을 끌고 나가는 건 좀 뭣하긴 합니다.

— 그럼, 반대로 묻겠습니다. 고급 승용차를 타면 위신은 살릴 수 있을지 모르겠습니다만, 가계 경제는 반대로 흐르지 않을까요? 겉으로만 부자가 되는 게 그리 중요하냐는 거죠. 실제 부자들은 오히려 그런 걸 신경을 쓰기보다는 물질이나 재화가 제공하는 본질에 더 관심을 두니까요. 그러니까 지

금 같은 경우에는 안전이 최우선 고려 대상이고, 그다음에 여유가 있다면, 편의성이 되겠죠. 대기업의 총수가 명품보단 옷 고르는 데 소비되는 시간을 아끼고자 단일 스타일의 작업복을 몇 개나 두고 그걸 돌려가며 입는다는 이야기도 있잖아요.

— 아… 무슨 말씀인지는 잘 알겠습니다.

— 사업을 잘 가꾸어서 부가 쌓이면, 그게 가족들에게 가장 먼저 되돌아가는 건 맞습니다. 우리가 체면에 신경을 쓰는 건 그런 이유도 크죠. 그런데 진짜 중요한 건 부자들 흉내를 내려 겉으로만 가꾸는 건 얼마간 좋은 영향을 줄 수 있을지는 몰라도 그게 근본적으로 시스템을 바꿔주지는 못한다는 겁니다. 그들처럼 사고할 수 있는 관점의 변화가 중요하죠. 그러니 모방할 거면, 그들의 관점을 모방해야죠. 가지고 싶은 게 있다면, 가지고 싶은 이유와 가지고 싶은 대상의 본질에 집중해 보세요.

이후부터 마태오는 생각을 고쳐먹었다. 물질의 본질에 가치를 두려 했고, 주변의 자리 잡은 사람들을 만나서 그들의 생각을 경청하려고 애썼다. 며칠이 지나지 않아 또 택배가 왔다. 거기엔 구김 없이 잘 다려진 넥타이가 있었고, 셔츠와 니트 등이 있었다.

― 다 제가 선물로 받았던 것들입니다.

― 어쩐지 포장은 새로 한 거 같은데, 그렇다고 또 생활감이 있어 보인다거나 사용 흔적이 있어 보이지도 않더라고요. 게다가 명품들이고요. 이런 걸 그냥 주셔도 괜찮은 겁니까?

― 괜찮습니다. 지금의 제겐 더는 필요하지 않아서요. 요즘에는 짬이 날 때면 봉사활동을 다니고 있습니다. 그래서 그런 옷들을 입는 경우가 거의 없어요. 현장에서 편히 몸을 쓸 수 있는 옷들만 옷장에 남겨뒀습니다.

들어보니 나나시상은 봉사활동에도 진심이었다. 그의 철학에 따르면, 사회에서 자립한 성인이라면, 누구나 봉사활동에 임하는 게 옳았다. 거기에 경중을 구분하거나, 투자한 시간이나 비용을 말할 필요는 없다고 하였고, 그 이전에 봉사활동을 지속적으로 이어가겠다는 마음 자체가 가장 중요하다고 하였다.

― 그런데 의술 공부하신다는 분이 그런 시간은 다 어디서 나는 겁니까? 전 체육관 하나 돌리는 것도 팍팍한 거 같은데 말이죠. 그냥 기부금만 보내도 그들에겐 큰 도움이 되지 않습니까?

— 그건 제 가치관하고는 좀 맞지 않아서요. 뭐, 제 생각에는 그렇습니다. 어려운 환경에 처한 사람에게 물질적인 도움을 주거나 부족한 부분을 채워주고 다독여 주면 그걸로 봉사가 끝났고 생각하는 사람들이 많잖아요. 근데 전 그게 오히려 더 위험하고 독이 될 수 있다고 생각합니다. 물질이 큰 도움이 되는 건 사실이지만, 근본적인 문제 해결에까지 이르지는 못할 때가 많다는 거죠. 오히려 주머니에 갑자기 채워진 물질은 여러 역효과를 낳을 수도 있습니다. 물질은 여러 욕망을 수반하기 마련입니다. 난데없이 개입하는 자가 나타날 수도 있고, 도움을 받는 이들도 타인에게 쉽게 의존하게 될지도 모릅니다. 그것보다는 그들이 처한 환경에 대해, 그리고 그 환경이 주어질 수밖에 없었던 이유들에 대해 고민해보는 게 중요하다고 생각해요. 그래서 제가 봉사 현장에서 멀어지지 않으려는 것도 있습니다. 그들을 보고 있자면, 오히려 제가 더 저 자신을 낮출 수 있게 되거든요. 그들이 그들 힘으로 일어설 수 있게 바른 마음으로 도와야 그들도 제게 마음을 열고 독립된 한 존재로 다가오게 되고요. 결국에는 사람과 사람 사이의 연대가 이 사회의 가장 큰 힘이지 않을까요? 그러니 제게 봉사는 제가 가진 걸 일방적으로 나눈다는 것이기보다는 그들과 함께 각자 가진 것을 서로 나누는 것이지요.

확실히 봉사 현장에서 저는 제 부족한 부분을 보충 받는 거 같거든요. 아, 이런… 좀 재수 없죠? 너무 제가 잘난 듯이, 님을 가르치는 듯이 이야기한 거 같아서 부끄럽네요. 전혀 그런 의도는 아니었습니다. 진짜 그냥 평소 저의 생각입니다.

— 우와! 아, 아닙니다. 오히려 좀 감동받은걸요. 그렇게 진심으로 시간을 쓰신다는 게 매우 멋진 것 같아요! 정말 금쪽같은 시간일 텐데, 그렇게 쪼개서 쓰시다니 정말 멋지십니다!

— 시간이야 원래 쪼개서 쓰는 것이니까요. 그리고 시간보다 시간을 소비할 체력이 중요하고요.

마태오는 체력이란 말에 또 한 번 무릎을 쳤다. 어린 시절, 스승 가브리엘이 그토록 강조했던 것 중 하나가 체력이었다. 덕분에 그때부터 좋은 체력을 가진 마태오는 또래들보다 훨씬 집중력이 좋았다.

'역시 성공을 이룬 대단한 사람들은 생각이 다 비슷하구나!'

마태오는 나나시상에게 그간의 고마운 마음을 표현하고 싶어졌다. 다가오는 연말에는 새해 선물이라는 핑계로 자신도 택배를 보내야겠다는 생각을 하고 있을 때, 나나시상이 뜬금

동방의 별

156

없이 명상에 대한 이야기를 했다.

— 그런데 요즘에도 명상을 하고 계십니까? 과거에는 곧잘 하셨다고 들었는데.

— 과거에 하긴 했습니다만, 제대로 한 것 같지는 않습니다. 늘 졸아버리기 일쑤였거든요.

— 그럼, 하루를 시작하기 전에 아침에 짬을 내서 해보시는 게 어떨까요? 큰 도움이 됩니다.

— 예를 들면, 어떤 것에 도움이 됩니까?

— 그건 사람들마다 다릅니다만, 아직은 많이 젊으시니까 성취하시고 싶은 꿈이 있지 않으신가요? 명상을 하면, 그 꿈에 구체적으로 다가갈 방안들이 보일 겁니다.

마태오는 다음 순간 말을 잃었다. 관원을 챔피언으로 만든 이후에는 아무래도 이렇다 할 구체적인 목표가 따로 없었다. 오로지 가족들의 안위와 아이들의 미래가 걱정이었을 뿐. 이제는 자신이 과거에 왜 그토록 운동에 집착했었는지조차 잊어버릴 정도였다.

— 솔직히 한동안 정신없이 지냈던 거 같아요. 꿈같은 걸

품은 적이 있긴 있었나 싶을 정도로 꿈이라는 단어가 멀게만 느껴지네요.

— 요즘 시대 대부분의 사람들이 그렇죠. 그리 이상할 건 아닙니다. 슬퍼할 건 더더욱 아니고요. 가족들과의 내일만 생각하는 것도 매우 아름다운 겁니다.

— 아니, 솔직히, 막연하게나마 과거에는 있었던 거 같아요. 제가 운동에 집착했던 이유가 강해지고 싶어서였거든요. 지금 생각해보면, 그때는 정말 단순하게 인식하고 믿었던 거 같아요. 강해지기만 하면 세상으로부터, 어떤 부조리한 많은 것들로부터, 다 지켜낼 수 있을지 알았어요.

— 그럼, 누굴 지키고 싶었던 거죠?

— 가족들. 사랑하는 사람들. 그리고 좀 막연하게 들릴 수도 있고, 허황되게 들릴 수도 있겠지만, 우리나라요. 어릴 적에 스승님으로부터 그런 이야길 들었거든요. 내가 나라를 사랑하는 마음을 아낌없이 보여주면, 나라가 외롭지 않을 거라고요. 반드시 나라도 우리의 사랑에 반응해줄 거라고요. 그때부터 그 말이 계속 마음에 남아 있는 거 같아요. 지금도 아침에 체육관 문을 열고 제일 먼저 하는 게 국기에 대한 경례입니다. 아무도 보지 않아도, 여전히 하고 있습니다. 별다른 이유는 없어요. 진심으로 우리나라가 그저 잘 되길 바랄 뿐입니다. 그게

전부예요. 그러면 자연스레 우리 가족들도 행복할 테고, 같은 나라에 살고 있는 우리 모두가 행복에 가까워질 수 있겠죠.

— 정말, 순수하고 아름다운 분이시군요.^^ 명상은 그런 마음을 가다듬는 데 도움이 될 겁니다. 어떤 구체적인 방안을 더 세밀하게 보여줄지도 모르고요.

— 사실 이젠 저도 잘 압니다. 너무 막연한 이야기라는 걸요. 체육관 하나 운영하는 몸이 무슨 힘으로, 무슨 방법으로 나라를 위해 뭔가를 해볼 수 있을까요? 뭔가를 한다고 해도 아주 큰 흐름 속에서 손 하나 더 보태거나 아니면, 기껏해야 지금처럼 경례나 하면서 소시민이 할 수 있을 정도로 정말 작은 실천 같은 거나 할 수 있겠죠.

— 그건 절대 그렇지 않습니다. 사람 한 명의 의지는 매우 강력한 겁니다. 어떻게 의지를 표현하느냐에 따라서 작게는 나라의 운영도 바꾸고, 크게는 세상의 흐름도 바꿀 수 있어요. 모두 다 자신이 그릇만 갖출 수 있다면, 다 가능한 겁니다.

마태오는 그날의 대화 이후로 고민에 빠졌다. 명상을 하느냐, 마느냐 하는 단순한 문제가 아니었다. 자신이 그간 정말 말로만 관원들에게 애국심을 강조했던 건 아닌가 하는 근본적인 회의가 들었고, 그 색은 짙어졌다. 그리고 이내 자신이 지금까지 운동을 하고, 운동을 가르친 것 외에는 타인을 위해, 사회를 위해 뭔가 구체적으로 기여한 바가 없었다는 걸 인정하게 되었다. 그런 진실을 부정하고 회피하고 싶은 욕구가 물밀 듯이 밀려왔지만, 마태오는 이미 내면까지 단단해진 어른이었다. 고개를 돌리기보다는 앞으로 어떻게 할 것인가에 대해 구체적으로 고민하기 시작했다.

물론, 그 과정에서 나나시상의 말대로 명상을 이용하여 정신을 집중하는 것도 잊지 않았다.

— 꽤 괜찮은 방법이지 않습니까?

보름 정도 말이 없던 나나시상이 갑자기 나타나 말을 걸어왔다. 마태오는 그간 내면에서 쏟아지는 물음들을 외면하지 않고 직시하던 터라 그의 일상이 얼마나 바뀌었는지에 대해서는 완전히 무감각한 상태였다. 나나시상과 채팅을 주고받기 시작했지만, 여전히 그는 차가운 바닥에서 가부좌를 틀고 앉아있는 기분이었다.

— 명상 과정에서 아마 스스로도 느꼈을 겁니다. 내가 원하는 방향이 정말 타인이나 사회로 향해 있는 게 맞는지, 자신

에 대한 사회적 인정 욕구가 먼저인 게 아닌지, 아니면, 전혀 다른 방향으로 그저 주머니만 두둑해도 이런저런 고민은 않을 텐데 하는 생각이 드는 건 아닌지.

— 정말 정확하시네요. 네, 고민이 될 수밖에요. 제가 뭔가를 해볼까라는 생각이 들자마자 이게 나에게 어떤 도움이 될까, 돈이 될까? 아니, 돈은 되지 않더라도 손해를 보면서까지 할 일이라는 게 있긴 할까? 아니, 그런 게 아니더라도 과연 들인 노력에 비해서 온전한 인정을 받지 못한다면 나는 지속할 수 있을까? 같은 물음들이 자연스레 쏟아지기 시작하더군요. 스스로에게 정말 실망도 많이 했습니다.

— 실망하실 필요는 없습니다. 그건 전혀 옳지 않아요. 생각이 어느 쪽으로 치우쳤든지 간에 그게 이상한 건 아닙니다. 여러 종교가, 여러 시대에 걸쳐서 그런 고민들을 했습니다. 직업 윤리라고나 할까요? 세속에서 내가 벌인 일들, 혹은 하고 있는 일들, 이게 과연 적정한가, 타인들에게도 도움이 되는가, 나로 인해 손해를 입게 되는 이들은 없는가와 같은 물음들 말이죠. 결국에 그런 생각들은 다시 되돌아오게 됩니다. 왜냐면, 사회는 기본적으로 경쟁을 하게 되어 있고, 동시에 인간들은 자본에 대한 욕망 외에도 인정욕구와 명예욕구가 있어서 좀처럼 균형을 잡기가 힘들거든요. 그래서 공공의 선

안에서 구할 수 있는 답은 한정되어 있지만, 자신의 욕망이 얼마만큼 그 범주 안에서 피어날 수 있을지는 또 다른 현실이죠. 명상은 어디까지나 그런 과정을 스스로 찾아가는 여정입니다.

— 그렇다는 건 역시 정답은 없다는 걸까요?

— 네, 바로 그겁니다. 정해진 답은 없습니다. 답은 오로지 스스로 경험을 되짚어볼 수 있는 당사자 개인만이 내릴 수 있죠. 그렇지만 한 가지는 제가 말할 수 있습니다. 제가 본 떼오는강해 님은 진짜 강하신 분입니다. 누가 옆에서 강제로 껍질을 깨도 부정 당한다는 생각보단 성장하고 있는 중이라고 생각하실 수 있는 분이고, 스스로 자신의 밑바닥도 정면으로 응시하고 생각을 되짚을 줄도 아시는 분이니까요. 오래지 않아서 원하시던 답을 찾으실 겁니다.

— …감사합니다.

이후 마태오의 명상은 한 차례 더 깊어졌다. 그리고 어느 순간에 거짓말처럼 자리를 털고 일어설 수가 있었다. 그 배경에는 나나시상 외에 다른 주변 인물들이 영향을 준 부분들이 적지 않게 있지만, 그 이야기는 조금 더 후에 옮기도록 하겠다. 그보다는 나나시상과 떼오는강해 사이에서 오고 간 이야기가 먼저다. 그들의 사연이 먼저다.

— 정했습니다. 저는 남북통일을 위한 밑거름이 되어볼까 합니다. 요란하지 않게요. 그래야 진정성을 잃지 않을 것 같습니다.

— 멋진 결정이십니다.

이전부터 그의 내면에서 뜨겁게 열을 발산하고 있었지만, 통일에 관하여 직접 타인에게 말한 건 그 순간이 처음이었다. 이제 마태오는 진심으로 통일을 바라게 되었고, 통일을 위해서라면 다소 얼마간의 노력과 희생도 감당할 수 있다는 의지가 그의 내면에 반듯하게 뿌리를 내리게 되었다. 그리고 거기까지였다. 상대의 얼굴도 보지 않은 채 모니터의 반작이는 화면을 응시하며 눈빛을 빛낸 그 순간까지가 둘의 관계가 아름다움으로만 채색되는 지점이었다.

그 대화 이후 몇 차례의 대화가 더 오고 간 후, 둘은 단절되고 말았다. 어이없게도 어떤 관계보다 우아하게, 단단해지던 둘의 관계는 당시 국내에 상영되고 있던 TV 드라마 한편으로 인해 한순간에 무너지고 말았다.

19

미디어는 유행에 민감하다. 대중들의 공감을 기반으로 자라는 생물답게 보편적인 사고에 맞추어 방송을 제작하지만, 별개로 대중들 사이에 번지는 유행에 대해서는 항상 발 빠르게 앞장서서 보도를 했다. 유행은 자극을 만들고, 자극은 대중들로부터 자본 창출의 기회를 만들어냈기에, 때로는 미디어가 직접 유행을 만들어내기도 했다.

예를 들면, 마태오도 집중했던 경호업체나 경호원 같은 것들 말이다.

명상에 집중하며 나나시상과의 대화로 열을 올릴 때쯤, 그 무렵의 마태오는 체육관을 찾는 관원들을 대상으로 호신술을 알려주는데도 열정을 보이고 있었다. 프로태권도 챔피언을 배출했다고는 하지만, 무도(武道)의 기본은 격투보다는 호신이라는 생각 때문이었다. 거기에 더하여 이미 영화나 드라마 등을 통해서 경호원이라는 직업이 그럴싸하게 소개된 이후부터 관련 업종으로 취업을 희망하려는 이들이 부쩍 늘어난 탓도 있었다.

마태오는 미디어로 인해 그런 변화가 일어난 것은 긍정적이라고 생각했지만, 그렇다고 해서 자신이 크게 달라질 건 없다고 생각하는 쪽이었다. 아무래도 마태오 본인은 이미 어렸을 때부터 호신술을 쭉 익히고 수련해왔고, 사범 대리 시절 때부터 관원들에게 직접 가르치기도 했으니, 주변의 갑자기 커진 관심 덕에 꼭 거기에 발맞춰서 수련법이나 교육법을 새롭게 바꿀 필요는 없었다. 오히려 더 기본기를 단단하게 가르치려 했고, 상황에 따른 대처법을 구상하더라도 스스로 실전 가능성을 점검해 보기 전까지는 절대 관원들 앞에서 보여주질 않았다.

― 그렇게 하면, 강한 흥미로 찾아왔던 이들이 흥미를 잃고

그냥 되돌아가는 경우도 많겠군요.

— 그런 경우들도 종종 있지만, 어쩔 수 없다고 봅니다. 기본부터 제대로 익히지 않으면 아무런 쓸모가 없잖아요. 그리고 자신의 공명심이나 출세욕 때문에 운동을 한다는 것도 웃기잖아요. 가장 중요한 건 부끄럽지 않은 무도인이 되는 것. 그게 먼저라고 생각합니다.

— 좋은 말씀입니다. 좋은 스승에게서 바르게 배우셨군요. 덕분에 저도 배웁니다.

— 매번 겸손이 지나치시네요.

— 겸손은 배움을 구하는 이가 가르침을 주는 이 앞에서 당연히 보여야 할 자세죠. 그리고 큰 그릇을 지닌 사람이 되기 위해서는 그 반대가 되어야 할 테고요.

— 반대라고요?

— 네, 반대요. 음, 어렵게 생각하지 마시고, 가르침을 주셨던 스승님을 떠올려보세요. 그분이 겸손을 모르시던 분이셨습니까? 혹은 관원들 앞에서 자신의 신분을 앞세워서 거들먹거렸다거나, 이용했다거나, 아니면, 어린 제자들을 함부로 대하거나 하신 적이 있으셨습니까?

— 하하하, 전혀 그렇지 않으셨죠. 오히려 반대였습니다. 항상 친절하셨고, 어린아이들의 말이라도 귀담아 들으시고 의견

을 존중해 주셨죠. 엄한 모습을 보이셨던 건 관원들이 스승님께서 중요시하던 가르침에서 어긋난 행동을 보일 때뿐이었습니다.

— 네, 진정한 겸손은 바로 그런 것이라고 봅니다. 대자연의 법칙이라고 할까요? 물은 위에서 아래로 흐르고, 절대 거슬러 올라가지 않죠. 그것처럼 겸손이란 것도 아랫사람을 당연히 존중하고 사랑으로 대했을 때, 빛을 발한다고 봅니다.

— 과연…

마태오는 새삼 나나시상에게 자신의 포부를 숨기지 않고 알리길 참 잘했다는 생각이 들었다. '남북통일을 위한 밑거름이 되겠다'와 같은 듣기에 거창한 말을 해도 그걸 흘려듣지 않고 아낌없이 조언을 해줄 이가 인생에서 몇이나 될까? 타고난 운이 없다면, 그런 사람들이 옆을 스쳐 지나가더라도 전혀 알아보지 못하는 게 인생이었다. 그런데 나나시상은 그가 먼저 마태오를 발견하고 기꺼이 그의 인생 안으로 걸어 들어왔다. 마태오에게 이보다 더 큰 행운이 또 있을까? 마태오는 진심으로 나나시상을 의지하게 되었다.

— 요즘 눈으로 직접 봐도 믿기지 않는 일이 참 많네요. 요

즘 이곳에서는 우리들 나라의 드라마가 굉장한 인기랍니다. 자기네 드라마보다 우리가 만든 드라마에 더 열광하다니 정말 당혹스러울 정도입니다.

— 드라마는 이미 몇 해 전부터 난리였고, 그 덕분에 요즘에는 가수들, 아이돌들이 엄청 많이 넘어가서 활약하고 있는 중이라고 하더라고요.

— 그래서 저도 요즘에는 짬짬이 드라마를 보고 있습니다. 거기에서 방영된 드라마가 여기에서 열흘 정도 지나면 시중에 DVD로 나와서 돌더라고요. 요즘에는 <사랑의 이름으로>라는 드라마를 보고 있어요. 시간 되시면 한 번 보세요. 정말 재미있는 드라마입니다.

— <사랑의 이름으로>요? 그게 그렇게 재미난 드라마인가요? 솔직히 전 TV를 거의 안 봐서 누가 나오는 드라마인지도 잘 모르겠네요. 하하하.

나나시상이 처음으로 드라마를 언급했던 날은 평소와 조금도 다를 바가 없는 날이었다. 마태오의 기억이 심각하게 왜곡된 게 아니라면, 그날은 습도도 적당했고 햇살도 따사로운 날이었다. 관원들 중에는 지각생도 없었고, 결석생도 없었던 날. 그래서 오히려 더 힘이 났고, 기운이 넘쳤던 날이었다. 사실 그때까지 TV나 드라마, 영화와 관련해서는 따로 대화를 해본 적이 없었기에, 나나시상이 먼저 드라마를 언급했다는 것 자체가 가장 이상한 사건이라면, 이상한 사건이었다.

그리고 그 이상한 사건은 오래지 않아 진짜 더 큰 사건으로 되돌아왔다.

— 전 그렇게 생각하는 쪽입니다. 대자연은 우리에게 잠언과도 같다고요. 살아가는 데 있어 필요한 대부분의 이치는 이미 자연에 녹아있다고나 할까요?

— 예를 들면, 어떤 것이요?

— 뭐, '의리' 같은 덕목도 자연의 이치를 보고 있는 것만으로도 이해가 되는 것 같아요.

— 의리요?

— 네, 의리. 나무들을 보고 있자면, 여름 한 철 내도록 자신을 키웁니다. 그렇게 자라면서 피워낸 나뭇잎을 때가 되면 비워내죠. 가지에서 전부 털어내어 땅바닥으로 떨궈버립니다. 여기에는 어떤 망설임도 없죠. 미련이나 집착이 없다는 말입니다. 왜냐면, 잎들은 처음부터 알고 있었으니까요. 성장의 완성은 가지 위에서 이루어지는 게 아니라, 땅속 밑으로 향했을 때 있다는걸요. 자신들을 살찌워준 생명의 근원이 뿌리에

있음을 알고, 뿌리를 덮어주러 내려간 겁니다. 전 그런 게 의리 같은 게 아닐까 합니다. 성장에 도움을 준 근원에게 자신도 망설임 없이 도움을 줄 수 있는 것.

— 아… 아주 멋진 해석입니다!

— 감사합니다.

평소처럼 명상을 통해 그간 가꾼 마음을 나누고 다듬은 생각들을 들려주는 시간이었다. 마태오는 정서적 안정감이 자리를 잡아 절로 행복감에 젖어들었다. 바로 그때, 자연스레 채팅을 종료하려던 찰나에 나나시상이 질문을 던졌다.

— 그래서 <사랑의 이름으로>는 혹시 보셨습니까?

— <사랑의 이름으로>? 아, 일전에 이야기했었던 드라마요? 아니요. 아직 보지 못했습니다. 왜 그러시나요? 혹시 대단히 재미난 장면이라도 나왔던가요?

— 아, 그러셨군요. 아닙니다. 그냥 전체적으로 너무 재미있어서요.

마태오는 나나시상이 두 번이나 직접 드라마를 언급했다는 게 마음에 걸렸다. 항상 그에게 도움을 줬던 나나시상이었다.

그런 사람이 권하는 드라마를 굳이 애써 외면할 필요도 없었다. 직접 드라마를 다 보지는 않더라도 인터넷 검색으로 줄거리 정도라도 알아둬야 마음이 편해질 거 같았다. 아무래도 그런 노력이라도 보이는 게 그간 자신에게 도움을 줬던 나나시상에 대한 예의였다. 마태오는 채팅을 종료하자마자 검색을 해보았다. 그리고 드라마의 개요를 읽자마자 큰 충격에 휩싸이고 말았다.

드라마의 주인공은 격투기 선수였다. 파이트머니를 챙겨 생활을 하는 청년이었고, 여주인공의 경호원이 되면서 이런저런 일련의 사건을 겪으며 둘의 사랑을 확인하게 되는 역할이었다. 여기까지만 읽었을 때는 나나시상의 장난인 줄만 알았다. 아마 체육관이 너무 잘 되어서 드라마 주인공의 모델도 될 수 있었던 게 아니냐고. 사업의 번창을 축하한다는 식의 농담을 하고 싶어서 그랬구나 하는 생각이 들어 마태오의 입가에 빙그레 미소가 지어질 정도였다. 그렇지만, 그런 안일한 기대는 이어지는 다음 문장에서 흔들리기 시작했다.

'10년 전에 헤어졌던 형과 재회한다.'

순식간에 벌어진 일이었다. 마태오는 그대로 정신이 아득해지며 눈앞이 깜깜해져버렸다. 절망적인 어둠 속에서 혼란은 더욱 깊어졌다.

나나시상은 정말 순전히 드라마가 재미있다고 보라고 한 것이 맞을까? 정말 그렇게 순수한 의도였을까? 그렇다고 하기에는 격투기 체육관을 운영하고, 경호 관련 호신술을 가르치는 자신과 드라마 속의 주인공 설정은 어찌 이리도 유사한 것일까? 그 이전에 어린 시절 집을 나가 실종 처리된 형에 대해서 자신이 나나시상에게 말한 적이 있었던가? 없었다. 마태오가 본인의 입으로 다른 사소한 내용들은 말했을지도 모르지만, 실종된 마르코의 이야기는 매번 의식적으로 회피해왔었다. 결코 먼저 나나시상에게 마르코의 이야기를 했을 리가 없었다.

마태오는 맨손으로 얼굴을 벅벅 문지르고 이어서 머리를 마구 두드렸다. 다시 빛이 보이고, 눈앞에 형상이 맺혔다. 부리나케 메신저를 켰다. 이미 나나시상은 접속을 종료한 상태였고, 메신저에는 마태오의 아이디에만 불빛이 들어와 있었다. 마태오의 머리는 순식간에 달아올랐다. 나나시상은 대체 무슨 의도였을까? 설마 실종된 형, 마르코의 존재에 대해 알고 있다는 걸 알리고 싶었던 것일까? 아니면, 이런 모든 것들이 한낱 기우였고, 그는 정말 드라마의 재미를 순수하게 말하고 싶었던 것일까? 정작 확인해 볼 당사자가 자리를 비운 상태에서는 그저 모든 게 정황에서 비롯된 망상에 불과했다.

'나나시상, 대체 정체가 뭐야?'

마태오의 눈앞에 흉포하게 일그러진 마르코의 얼굴이 나타났다. 그 위로 다시 깊게 팬 커다란 나무 밑동이 나타났고, 다시 그 위로 어린 시절 다녔던 체육관의 낡은 매트리스와 그 위로 떨어지던 자신의 땀방울이 떠올랐다. 마태오는 동시에 아주 잠깐, 다시 형을 마주하게 된다면 형을 이길 수 있을지에 대해 생각해 보았고, 이내 덜덜 떨려오는 주먹을 내려다보며, 단순히 승패의 문제가 아니라 치밀어 오르는 분노를 과연 스스로 감당해낼 수 있을지가 두려워지기 시작했다.

마태오는 입술을 꽉 깨물고서는 곧바로 방송국 홈페이지로 접속을 했다. 곧장 1화부터 VOD 다시 보기를 신청하고서는 그대로 앉은 자리에서 최근까지 방영된 드라마 전편을 시청했다. 그게 몇 시간이 걸리든, 자세가 불편하든, 말든, 재미가 있든, 없든, 이미 그런 건 전혀 문제가 아니었다.

진짜 문제는 더 이상 마태오에게 마르코는 공포의 대상이 아니었다는 거다. 용서할 수 있는 대상인지, 아닌지가 문제였고, 그가 나나시상과 정말 관련이 있는 것이라면, 나나시상을 찾아내어 자신을 기만한 죄를 묻기 위해 어디까지 잔인해질 수 있을지가 문제였다.

마태오는 하나의 물음 앞에서 점점 더 냉정해지고 있었다.

'나나시상은 정말 마르코와 관계가 있는가?'

20

"정확히는 드라마 제목이 <이 죽일 놈의 사랑>이었습니다. 당대 최고의 톱스타였던 비, 정지훈 씨가 주인공이었고, 신민아 씨가 여주인공이었죠."

지난날을 떠올리는 의뢰인의 얼굴은 그리 밝지 않았다. 그렇다고 얼굴빛이 어두운 것도 아니었지만, 무표정한 그의 얼굴은 여전히 그때 받았던 충격이 굉장했음을 알려주고 있었다.

"그 드라마를 콕 집어서 말했다는 거죠?"

"네, 정확히 그렇습니다. 그래서 다시 드라마 작가였던 이경희 님에게 몇 차례나 메일을 보냈었습니다. 답답한 마음에 말이죠. 아무래도 그런 인물들 설정, 개요를 외부로부터, 어떤 과정을 거쳤는지는 몰라도 아마 분명 형으로부터 전달받았을 것이란 의심을 지울 수가 없었거든요."

수림은 메모를 멈추고 잠시 의뢰인의 얼굴을 살폈다. 여전히 무표정했고, 지난 시간 어디쯤을 더듬고 있었고, 감정을 겉으로 드러내려고 하지 않고 있었지만, 이런 일련의 이야기 자체가 확실히 그리 달갑지는 않아 보였다. 수림은 조심스럽게 질문했다.

"그럼, 채팅 속 인물이 형이라는 건 정확히 어떻게 알게 된 겁니까?"

"본인이 직접 실토하더군요."

"아, 다음 채팅 때 바로 이야기를 했나 보군요."

"네, 진짜 아무 일도 제대로 못하고 컴퓨터 메신저만 보고 있었습니다. 그래서 접속하자마자 제가 물어봤어요. 형이냐고, 형이 맞는 거냐고."

"그런데 채팅만으로는 솔직히 정확히 알 수가 없지 않습니까? 화상으로 확인했었던 겁니까?"

"당연히 확인해 봤죠. 우리만 아는 이야기들을 했어요. 형이 제대로 기억하고 있더라고요."

수림은 볼펜을 놓고 따로 메모를 하지 않았다. 세밀한 몇 가지가 자리를 잃고 부유하는 것 같았지만, 그 부분을 굳이 캐묻지도 않았다. 그보다는 수림의 상상력이 이미 얻은 정보들만으로 뿌리를 내릴 수 있는지를 먼저 더듬어보고 싶었다.

"그래서 이후로 한 번 더 접속해서 대화를 하고는 바로 로그아웃을 했습니다. 메신저 자체를 그날 이후로 쓰질 않고 있고요."

"그렇다는 건 다시 연락을 끊으신 겁니까? 이번에도 형님이 먼저 그랬던 겁니까, 아니면?"

"이번에는 제가 끊었습니다."

수림은 그제야 펜을 들어서 <분노>라고 메모를 했다. 일생 전반에 걸쳐 있던 형의 그림자. 그런 그림자가 아니라 형 본인을 그제야 만났지만, 형은 제대로 나타난 게 아니라 인터넷의 익명성을 빌려 나타났었고, 첫날 대화를 시작한 이후로 그날까지 거짓말로 관계를 유지해왔다는 게 견딜 수 없었던 모양이다. 수림은 고개를 끄덕이면서 조용히 의뢰인의 얼굴을 다시 바라보았다. 무표정했던 얼굴 위로 서서히 붉은 기운이 감돌고 있었다.

"다 거짓말이었습니다. 의술을 배우고 있지도 않았어요. 훗날 소식을 전해 들어서 알게 된 거지만, 승려 같은 게 된 모양이더라고요. 이 과정도 참 기연(奇緣)이 바탕이 됩니다만, 그 이야기는 나중에 또 하도록 하죠. 그보다는 그때까지도 형이 떳떳하게 말하지 않았다는 게 문제입니다. 인터넷에서 만난 사이라고는 믿기지 않을 정도로 서로 의지를 했었는데… 알고 보니 그게 다 거짓말이었단 말이죠. 직업도 가짜, 알려줬던 일본식 이름도 가짜, 뭐, 물론, 좋은 이야기를 많이 들었던 건 사실입니다. 그 덕에 제 그릇이 넓어진 것도 사실이죠. 그렇지만, 그 이전에 나와 형의 관계가 그렇게 또 어긋날 빌미를 형이 애써 유지하고 있었다는 게 너무 화가 났어요. 게다가 제 마음이 어떤지는 전혀 모른 채 자신이 준비되었다는 이유만으로 뒤늦게 자신을 알린 것도 못 견딜 노릇이었습니다. 여전히 일방적이었던 거죠. 가족들에게 폭력을 휘두르고 집을 나가면서 보였던 행동이나, 뒤늦게 정체를 숨기고 나타났다가 정체를 알린 것이나, 제게는 조금도 다를 바가 없었습니다."

"그래서 이후로는 완전히 연락을 끊고 오늘까지 지내신 겁니까? 서로 어떤 영향도 주고받지 않고?"

수림은 겉으로는 질문을 했지만, 속으로는 이미 답을 알고 있었다. 절대 그럴 리가 없다. 결연한 의지라도 한쪽만 뜻을 품어서는 반쪽일 뿐이다. 절대 연락을 완전히 끊지는 못했을 것이다. 표면적으로는 끊겼어도 둘은 여전히 서로에게 영향을 주고받으며, 내면의 한쪽을 지탱하리라. 원래 인간들의 실생활이 소설가의 비루한 상상력보다 훨씬 더 복잡하고 자극적인 법이니까. 그러니 지탱의 방식이나 이유들도 때로는 일반인들의 감성이나 사고를 훨씬 초월해 버릴 때가 있다. 그러니 수림의 질문은 사실 오늘날까지 연락을 끊은 게 맞는지를 묻는 게 아니었다. 정확히는 둘이 헤어질 때 무슨 말을 나누었으며, 그래서 그 말을 각자가 어떻게 해석하고 오늘날까지 오게 되었는지가 핵심이었다.

박경철도 수림의 질문을 제대로 이해하고 있었다.

"마지막 채팅 때, 제가 먼저 말을 했습니다. 남북통일의 밑거름. 이제는 단순히 거기에만 머무르지 않겠다고. 당신이 빚어낸 그릇이 세상의 어디까지 담아낼 수 있을지는 모르겠지만, 확실히 얼마간의 성과가 있기 전까지는 내가 먼저 형을 찾을 일은 없을 거라고 했죠. 그러니 그때까지 형도 저를 또 찾지는 말라고 하였죠."

수림은 덤덤하게 고개를 끄덕이며 노트에 <언약, 각오, 맹세>라고 메모했다. 박경철은 거기까지 말을 하고 나서야 감정이 정리가 되었는지 다시 사람 좋아 보이는 웃음을 보이며 말을 이어갔다.

"그래서 사실 그때가 시작이었던 거죠. 그때부터 뭔가 제대로 해내야겠다는 생각을 하게 되었고, 오늘까지 온 겁니다. 물론, 형도 형이지만, 그 사이에 이런저런 일도 제게 또 있었거든요. 문제는 이게 좀 오래된 일이다 보니 저도 시간대가 정확히 뭐가 먼저였는지가 기억은 나질 않습니다. 다만, 확실한 건 그 시기쯤에 계속 그런 크고 작은 사건들, 그러니까 제 안에 뭔가 불씨를 당길 만한 사건들이 계속 연이어서 일어났었다는 거죠. 형과의 채팅은 그래서 사실 제게 여러모로 큰 힘이 되어준 게 사실입니다. 머리나 감정이 어지러울 때면, 늘

잘 갈무리를 해줬었거든요."

"정말 인생 전체에 형님의 그림자가 짙게 드리워져있군요."

둘은 잠시 말을 끊고 다 식은 찻잔을 들이켰다.

"그럼, 나머지 이야기는 제가 다음 시간에 듣도록 하겠습니다. 이 부분들은 시간의 실제 배열을 확인해서 사실대로 옮기기보다는 인물의 감정 선에 맞추어서 정리하도록 하겠습니다. 그게 독자들도 납득하기 쉽고요. 그리고 마무리하기 전에 한 가지만 확인을 해보겠습니다."

"어떤 건가요?"

"드라마 작가분에게 연락하셨다는 거요. 형님의 정체를 확인하고 나서도 연락을 하셨던가요?"

"네, 정체는 확인했지만, 형이 어디까지 준비하고 계산해서 말한 것인지는 그 당시에 직접 물어보질 못했으니까요. 뱉은 말이 있으니 뒤늦게 또 형에게 물어볼 수가 없기도 했고."

수림은 고개를 끄덕였다. 사실 첫 만남 때 이미 드라마에 관한 이야기도 한 차례 들었던 터라 수림은 인터뷰 전에 대략적인 조사를 한 상태였다. 드라마의 개요를 확인했고, 당시의 시대 흐름 등도 확인을 마쳤다. 게다가 이미 자료 조사를 하던 과정에서 수림은 의뢰인의 SNS에서 관련 이미지도 봤었다. 체육관에서 의뢰인이 관원들을 지도하는 모습 뒤로 <드라마의 실제 모델이 운영하는 체육관>이라는 홍보 문구를 봤던 것이다. 수림은 순전히 그가 시간이 흐른 현재에는 사건과 자신 간의 거리감을 조정했는지를 알고 싶었다.

수림이 옆에서 객관적인 입장에서 봤을 때는 문제의 형님이 드라마 제작이나 각본 과정에 관여했을 가능성은 매우 낮아 보였다. 이미 격투기 선수라는 직업은 세상에 도드라진 뒤라서 작가에게 흥미로운 캐릭터로 얼마든지 보일 수가 있었다. 아마 작가는 드라마 각본을 직접 쓰기 전에 취재도 여러 차례 진행했으리라. 문제는 가출했던 형의 존재인데, 한국 드라마에서 가족 간의 비극은 단골 소재였다. 그러니 얼마든지 우연의 일치로 볼 수 있는 부분이었다. 결정적으로 바다 건너 일본에서 생활하던 사람이 국내 드라마 제작에 영향을 끼치기 위해서는 상당한 영향력이 있거나, 많은 시간 공을 들여야 했을 텐데, 그렇게 시간과 자본, 인적 자원의 도움을 받으면서까지 노력을 했다고 보기보다는 자신의 존재를 알리기 위해서 전전긍긍하던 차에 때마침 한류드라마를 일본 내에서도 보게 되어 우연히 알게 되었다고 보는 쪽이 더 설득력이 있었다.

그렇지만, 수림은 그런 건 따로 말하지 않았다. 의뢰인은 이미 당시에 그 문제로 굉장한 에너지를 소모했고, 그건 한 개인의 인생에 있어서 매우 큰 사건임에 틀림이 없었다. 그런 상처를 굳이 다시 소독하고 봉합해 줄 필요도 없다. 게다가 수림은 세월이 지나서 나타난 낯선 사람이 아닌가? 그보다는 다른 사회적 현황을 의뢰인이 앞으로 마주하게 되었을 때, 그때는 어떻게 거리감을 유지할 것인가 하는 물음에 대한 답을 얻고 싶었다.

"그러셨군요. 알겠습니다. 제가 글을 쓸 때, 독자들 입장에서 생각해 보고 잘 다듬어보도록 하겠습니다."

"네, 잘 부탁드립니다. 항상 독자들 입장에서 고민해 주셨으면 합니다. 재미가 최우선이고, 제 인물이 다듬어지는 건 그다음입니다. 들으셨던 내용을 바탕으로 객관적으로 써주세요. 독자들이 읽어보고, 그래, 이런 사람이면 한 번쯤 생각해 볼 만하다는 생각이 들 수 있도록 말이죠."

수림은 고개를 끄덕이며 자리에서 일어났다. 괜한 걱정에 쓸데없는 질문을 했다는 생각을 털어버리며 다음을 기약하는 악수를 나눴다.

21

이별이 치명적인 이유는 그만큼 헤어진 인연이 아름답고 소중했기 때문이다. 가벼워서 조금도 무게감을 느끼지 못했던 인연이라면, 우린 감히 그런 인연에 이별이란 단어를 연결조차 하지 않는다. 때문에, 웃으며 보내줄 수 있는 인연일지라도 이별의 순간 앞에서는 감정이 흔들릴 수밖에 없는 게 인간이다. 하물며, 뜻하지 않은 이별 앞에서 어찌 감정이 흔들리지 않을 수 있겠는가?

마태오에겐 마르코가, 아니, 나나시상이 그랬다. 어느 날 갑자기 찾아왔지만, 누구보다 정신적으로 마태오를 성숙시켜줬던 사람이었다. 쉽게 넘어갈 수 있는 작은 대화에서도 단어 하나, 하나를 되짚고 삶의 의미를 재발견하게 도와준 게 그였다. 그러니 나나시상은, 마르코는 마태오의 정신적 후원자였고, 벗이었으며, 포근하며 단단한 요람이었다.

다만, 관계의 시작점에서부터 헤어지기 직전까지 마르코가 아닌 나나시상이란 익명으로 마태오를 기만했을 뿐.

마태오는 몰아치는 감정의 풍랑 속에서 하루하루를 견디어냈다. 마태오의 감정 상태와는 무관하게 매일 해는 떴고, 관원들은 체육관에 몰려왔으며, 집에 아이들은 눈을 뜨고 학교를 갔다. 마태오는 마음의 살점이 떨어져 나간 것 같은 고통 속에서 하루를 견디고, 보름을 견디고, 한 달을 견디고, 그렇게 또 몇 개월을 더 견디게 되니 처음부터 살점이 뜯겨 있었던 사람처럼 다시 삶을 이어나가게 되었다. 그리고 이런 고통은 마태오보다는 사실 미리암이 몇 백배, 아니, 몇 천배나 더 크게 느끼고 있었다. 미리암은 한동안 맹독(猛毒)에 중독된 사람처럼 몸이 부풀기도 했다가 탈수 증상이 심각할 정도로 진행되어 온몸이 비쩍 말라버리기도 했다. 그렇게 떠났지만, 떠나지 않은 한 사내의 그림자가 가족들을 다시 붙잡았고, 생채기를 내 그 위에 소금을 뿌리듯이 슬픔을 뿌렸다.

마태오는 마음을 다잡기 위해 명상을 하고, 여러 산을 돌면서 오르고, 마음을 다스릴 수 있을 법한 글을 모아 읽기 시작했다. 그리고 그 과정에서 인정하기 싫었지만, 다시 한차례 더 인정할 수밖에 없게 되었다. 마태오는 마르코가 남긴 여러 생각들을 이미 자신의 삶 이곳저곳에 녹인 상태였고, 그의 사고를 확장시켜 세상을 보는 눈을 완전히 다르게 만든 상태였다. 때문에 명상을 하면, 할수록, 마태오는 오히려 더 마르코가 남겼던 말들을 곱씹게 되었고, 그 의미들을 오롯이 이해할 수 있게 되어 가족들과 헤어진 후 홀로 살아온 마르코의 삶을 얼마간 상상할 수 있을 정도가 되었다.

헤어지기 싫었지만, 헤어졌었고, 다시 만나 헤어지고 싶어졌지만, 여전히 헤어질 수 없음을 알게 되는 시간들이었다.

'이것이 세상 이치와도 같구나. 마냥 좋을 수가 없으니, 마냥 좋은 것도 없고, 마냥 나쁠 수도 없으니, 마냥 나쁜 것도 없구나. 동전의 양면처럼 이어졌고, 태극의 음양처럼 나뉜 것 같아도 결국에는 하나의 원 안에서 서로를 넘나들며 돌고 도는구나. 모순되게도 어린 시절 형이 내게 남긴 상처들은 나를 성장시키는 밑거름이 되었고, 나이를 먹어서 만난 형의 비겁한 거짓말은 오히려 나의 내면을 넓히는 여러 생각들을 만나는 기회를 줬구나. 게다가 가족에게 상처를 입힌 형은 오히려 외로운 인생을 걸었고, 다시 한번 인연이 잘려나가려고 하니 또 외로움과 마주하고 있을 테지.'

그렇게 마태오가 내면의 세계를 다시 다듬고 나자 그의 눈은 자연스럽게 바깥으로 향하게 되었다. 아직 어디서부터 출발점을 정해야 좋을지도 모를 그때, 마르코를 향해 날렸던 외침을 단순한 악다구니가 아닌 맹세로 만들고자 마태오는 다짐을 가다듬으며 산을 올랐다. 산이란 게 원래 산마다 모양새가 다채롭다고는 해도 결국 바위와 나무, 흙으로 빚어진 커다란 덩어리였다. 산길마다 뻗은 나무가 다르고, 그 가지의 생김새가 다르더라도 결국 흙과 돌을 밟고 발을 내딛고, 그늘 아래에서 호흡을 가다듬는다는 단조로움은 달라질 수가 없다. 그럼에도 그런 단조로움이 빚어낸 여러 산들을 굳이 오르려고 했던 건 등산이 주는 묘미보단 산속 깊은 곳에서 수행하는 스님들과 대화를 나눠보고 싶어서였다.

그때쯤 이미 마태오는 마르코의 실제 직업이 의사가 아닌 승려라는 사실을 뒤늦게 전해 들은 뒤였다. 그래서 처음에는 마르코가 어떻게 그런 생각들을 품고 살 수 있었던 것인지가 궁금해서였지만, 오래지 않아 마태오는 형의 그림자를 찾아가며 밟기보다는 자신의 내면을 위해서 절을 찾아다녔고, 수행자들과 만나 이야기를 나누게 되었다.

"대자연은 한 치의 오차도 없죠. 늘 순리대로 흐릅니다. 그 과정에서 원망하는 마음, 타인을 탓하는 마음 같은 게 있을까요? 그런 건 우리 인간들만 품죠. 처지가 어려워지면 곧잘 누굴 탓하거나 괜히 주변 사람들을 경계하게 되죠. 부족함을 나에게서 찾기보다는 주변 탓, 남 탓을 하면서 아까운 시간을 보내는 겁니다. 그래서 가장 중요한 걸 잊어버리게 되는 거죠."

"그럼, 가장 중요한 것은 무엇입니까?"

"불가에서는 그런 말이 있습니다. 물고기에게 가장 소중한 물은 물고기의 눈으로 볼 수가 없고, 인간에게 가장 소중한 공기는 인간의 눈으로 볼 수가 없다고요. 그만큼 가장 소중한 것이 바로 곁에 있음에도 알지를 못한다는 말이죠. 그렇다면, 우리 인간들의 삶에서 공기만큼 또 중요한 게 뭐겠습니까? 매일 보면서도 알아보지 못하는 거요."

"음, 그렇게 말씀하시니 생각이 많아집니다."

"하하, 바로 인간인 겁니다. 사람에게 중요한 건 사람이란 거죠. 쉽게 남 탓을 한다고 잊어버리지만, 사실 가장 중요한 건 타인과 함께 서로를 보듬으면서 사는 겁니다. 요즘 사람들은 워낙 물질을 따르다 보니 타인에 대한 경계심이 더더욱 심합니다만, 소위 성공한 사람들의 이야길 들어보세요. 그들은 결코 자신의 주머니만 채울 생각을 하질 않았습니다. 나눈다, 함께 한다는 생각을 했기 때문에 더 많은 걸 챙길 수 있었죠. 저는 그게 바로 자연의 이치가 아닐까 합니다. 나와 타인이 함께 하는 존재라는 생각, 나아가서 생명들과 세상을 함께 공유하고 있다는 생각. 그런 시선으로 세상을 다시 한 번 보세요. 자연의 흐름이란 것이 얼마나 신성한지를."

그 이야기를 듣고 마태오는 산 정상에 올라 아래를 내려다보았다. 자연이 빚은 한 폭의 동양화 속에 도심의 끝자락이 보였다. 마태오는 산을 내려오는 동안 도심의 끝자락에서 생활하고 있을 사람들을 떠올렸다. 그들 개개인의 사연까지는 감히 짐작할 수 없었지만, 그들 각자가 자신과 가족들의 행복을 위해 일하는 모습이 떠올랐고, 또 그들의 직장이 추구하는 이익에 따라 모습을 달리하게 될 도시가 떠올랐다. 그 과정에서 마태오는 개개인과 서로가 어떤 마음을 가지고 주변을 대하든, 그런 것과 전혀 별개로 사람은 사람에게 영향을 미치고 그 결과를 함께 나누게 되어있다는 걸 인정하게 되었다.

마태오의 뜨거워진 마음은 산자락을 완전히 벗어날 때까지 한참이나 이어졌다. 결국 차를 타고 달리다 말고 차를 세워 산을 돌아보았다. 마태오의 눈이 머문 자리에는 함지박을 엎어놓은 듯한 단조로운 산세가 들어왔다. 고개를 다시 살며시 틀어서 보니 그 단조로움이 마치 병풍과 같이 사람들이 머물고 있는 마을을 안고 있는 것처럼 보이기도 했다. 마태오는 다시 차에 올라 시동을 걸며, 스님과 대화를 나누었던 절의 풍경을 떠올려보았다. 오고 가는 사람들이 각자의 소원을 빌며 쌓아 올려뒀던 여러 돌탑들. 그들의 간절한 마음 하나하나가 자리를 지탱하지 못하고 허물어지게 되면, 그 빈자리에는 절로 원망하는 마음이 가장 먼저 차오르게 된다. 그렇지만, 그건 일순간의 감정일 뿐. 중요한 진리는 변하지 않는다. 결국 다시 돌탑을 쌓아올리는 건 함께 삶을 살아가는 여러 사람들과의 연대일 것이다.

마태오는 넘칠 것 같은 말들을 삼키며 일단 집으로 향했다. 모든 변화의 과정은 이처럼 단순하다. 개인의 내면에서부터 시작되어 열정을 타고 주변으로 흘러 번지기 마련이다.

4

별, 떠오르다

22

"녹음기는 끄고 했으면 좋겠습니다."

인터뷰의 첫 시작치고는 조금도 달갑지 않은 말이었다. 의
뢰인의 기억에만 의존할 수가 없어서 주변인을 만나 보기로
한 후 대면한 첫 번째 손님이었다. 민간단체 활동에 있어서
의뢰인이 많은 영향을 받은 분이었던 탓에 기대했던 바가 컸
었는데, 정작 열쇠를 쥔 당사자는 만나는 것부터가 매우 어려
웠다. 여러 차례 시간을 조율한 후에 만난 인터뷰이는 첫인상
부터 차가웠고, 말은 에두르는 것 없이 바로 직선으로 찌르며

날아왔다. 게다가 스피치 과정을 운영하는 사람답게 말을 할 때 호흡하며 끊어주는 부분이 명확했고, 발성과 억양도 훌륭했다. 덕분에 그의 한 마디, 한 마디는 정확하게 수림의 귀에 꽂혔는데, 그런 명확함이 오히려 차가운 인상을 배가시켰다.

"서로 조심하자는 것이지 다른 뜻은 없습니다. 물어보시는 건 다 답해드릴 겁니다."

어차피 의뢰인으로부터 관련된 활동 내용을 대략 입수했었던 터라 수림은 괜히 어렵게 이야길 진행하기보다는 쉬운 길을 택하기로 했다. 존중의 뜻으로 녹음기를 끄고 펜을 집어 들었다. 그저 자신이 메모를 더 신중히 하면 그만이었다.

"박경철 대표가 저의 오랜 동지인 것은 맞습니다. 사업 외에 사적인 자리도 함께한 적도 있었죠. 아니, 굳이 사적인 자리를 하려고 해서 했다기보다는 함께 활동한 시간이 적지 않다 보니 경계가 애매한 자리가 있었다고 보는 게 맞겠습니다. 뭐, 그렇다고 해서 제가 이야기할 게 많은 건 또 결코 아닙니다. 박경철 대표는 제가 작가님 만나서 인터뷰를 하고 나면 큰 산 하나를 넘었다고 생각하고 있는 것 같은데, 오히려 작가님이 더 잘 아실 테죠. 저와 만나고 나면 큰 산들이 이제 나타나기 시작하는 건데, 그건 잘 모르는 거 같아요. 하하하."

"뭐, 사실 제가 가장 걱정이죠. 어찌 되었든 그걸 글로 다 옮겨야 하는 건 이제 당장 제 숙제라서요. 하하하."

수림은 웃어 보였다. 아니, 그 자리에서 웃어 보이는 것 외에 다른 선택지가 또 있겠는가? 수림이 원하는 건 단순히 사건들의 세밀함과 타임라인의 정리였는데, 의뢰인과 인터뷰이가 말하는 건 제각각 다 다른 그림들에 대한 염려였다.

"궁금하신 건 다 물어보셔도 됩니다. 그건 이 자리가 끝나서도 마찬가지입니다. 필요하신 게 있으시면 그냥 문자로 연락주시면 됩니다. 연락하실 때도 저번처럼 문자를 길게 적어서 보내실 필요도 없습니다. 오늘 우리가 만났고, 이제 목적을 서로가 정확히 이해하고 있으니까 필요한 부분만 간략하게 적어서 보내주세요. 그럼, 제가 제 기억과 동일한 내용인지, 아닌지 구분해서 답해 드리겠습니다."

"잘 알겠습니다. 하하, 그래도 제가 직접 뵌 적도 없는 분이신데, 필요하다고 질문만 딱딱 적어서 보낼 수는 없잖아요. 싸가지 없어보이게 어떻게 그렇게 합니까? 하하하."

"괜찮습니다. 서로 다 사업이 있고, 바쁜 사람들이지 않습니까? 대화나 만남이 모두 명확해야지 대화를 위한 대화, 만남을 위한 만남이 되어서도 안 되고요."

수림은 고개를 끄덕였다. 그건 전적으로 맞는 말이었다. 다 큰 성인들이 연애를 하는 것도 아니고, 굳이 따로 시간과 돈을 써가며 만날 필요는 없었다. 서로의 목적이 명확하다면, 간편한 게 모두에게 좋았다. 수림은 이내 곧 그의 직설적인 화법이 그의 삶의 필요에 의해 자연스럽게 다듬어진 화법이란 걸 이해할 수 있었다. 그는 목적의 방향성이 명확한 사람이었다.

"아마 저보고 인터뷰에 응해 달라고 한 건 2011년에 함께 자리를 했었던 동서화합웅변대회 때문이겠죠. 그리고 비슷한 시기에 시작해서 현재까지 제가 이어가고 있는 사할린 동포들을 위한 활동. 사실 그것 외에는 제가 크게 말해드릴 게 없습니다."

"네, 그 부분만 말씀해 주셔도 충분합니다. 사할린의 밤이라면, 민족통일대구청년협의회 활동을 말씀하시는 거죠?"

"그렇죠, 맞습니다. 아마 제가 사무국장으로 있을 때, 박경철 대표가 처음으로 함께 사할린에 가봤을 겁니다."

"그럼, 순서대로 한 번 말씀을 해주시죠."

"순서라면, 어떤 순서요? 협의회 활동만 말하자면, 98년에 민간단체 1호 법인으로 등록되었는데, 그 시절에는 박경철 대표가 이런 활동이 있는지도 몰랐을 때일 겁니다. 뭐, 저야 그 전부터 활동해서 2000년부터 사무국장으로 있었고, 2001년, 2002년에 연변 삼합(*중국 길림성 연변조선족자치주 용정시 삼합진 부근을 말한다. 북한의 북쪽 경계 지역이다.)에서 북한이랑 길 하나 두고 있었을 때가 있었죠. 당시 삼합군영제1회관에 우리 협의회가 지원을 하고 했었죠. 탈북민들이 먹고 살고 싶어서 무턱대고 그쪽으로 많이들 넘어왔거든요. 그런데 이건 제가 활동했던 거고, 제 선배들이 활동했던 건데, 이런 순서가 궁금한 건 아니지 않습니까?"

"네, 저는 조금 전에 말씀해 주셨던 2011년에 열렸었다는 동서화합웅변대회부터 이야길 하고, 그다음으로 말씀하셨던 사할린 관련 활동을 차례대로 이야기했으면 했던 거죠. 시간대가 어느 쪽이 먼저인가는 이제 그리 중요하지는 않고요. 그건 독자들이 이야기를 따라가기 편하게끔 제가 적절하게 바꿔서 쓸 겁니다."

수림은 다시 한번 빙긋이 웃어 보였다. 첫인상에 따른 염려와 달리 인터뷰이는 그가 내뱉은 말 그대로 질문에는 성실하게 답해줄 의지가 분명했다. 물론, 어디까지나 나의 의뢰인이 직접 활동한 부분에 한해서만. 수림은 슬슬 그가 무엇을 염려하고 있는 것인지 짐작이 갔지만, 그건 감히 무례하게 그가 먼저 말을 꺼낼 부분은 아니었다. 우선은 그저 조용히 들으면서 메모만 하기에도 그 속도가 벅찼다.

"동서화합웅변대회는 당시 묵은 지역감정을 해소하고 정치적 이념과 무관하게 우리 민간에서 자체적으로 남남통일을 이루어보자는 취지로 진행된 겁니다. 대구에서 광주로 먼저 찾아가서 활동을 하는 것이었죠. 웅변 주제는 취지대로 동서화합과 남북통일에 관한 내용들로 구성했고요. 그리고 문자 그대로 대회니까 성인부도 성인부끼리 경쟁을 하고, 아이들은 또 아이들끼리 경쟁을 하고. 그렇지만 진짜 중요한 건 대회에서 누가 우승하느냐, 마느냐 같은 게 아니었습니다. 그 자리를 열기까지 우리가 어떤 준비들을 했었고, 그걸 현지 시민들이 어떻게 받아들여줬느냐 하는 거죠. 아마 박경철 대표도 그때 마음이 크게 감응했을 것으로 보입니다."

이야기를 이어가는 속도가 빨랐다. 그렇다고 내용이 빽빽하거나 산만한 것은 결코 아니었다. 분명 해야 할 이야기만 정확히 짚어가고 있었고, 강약을 부드럽게 조절해주는 발성이 탁월해서 내용도 명확하게 전달되고 있었다. 다만, 전체적인 긴박감에 비해 수림의 메모하는 속도는 더뎠기에 이야기 사이사이의 여백이 나타나도 수림이 상상할 만한 여지는 없었다. 특유의 사전 갈무리를 하지 못한 채 받아쓰기만 하면서 이야기에 끌려가는 듯해 수림은 조급증이 생겼지만, 결코 내색하지는 않았다.

"사할린 동포들에 대해서 말하자면 끝이 없을 정도입니다. 이제는 그 사업이 제 인생이다 싶을 정도니까요. 솔직히 박경철 대표의 마음은 제가 헤아리질 못합니다. 함께 활동한 부분이 있는 건 사실이지만, 그걸로 타인의 속을 어찌 다 알 수 있겠습니까? 그렇지만 저는 제 심장이 말하는 바를 정확히 말할 수 있죠. 제 속에서 확실히 반응하고 있는 부분이니까요."

"제가 정확히는 모르겠지만, SNS를 통해서 관련 사진들을 미리 봤습니다. 꽤 오랫동안 사업을 해오신 것으로 압니다."

"네, 정말 오래되었죠. 저도 처음에는 주변의 좋은 선배들이 하는 사업이라고 해서 따라가 본 게 시작이었습니다. 그때는 어떤 진정성보다는 주변의 선배들이 하시는 일이라고 해서 함께 해보려고 했던 게 더 컸을 겁니다. 그런데 진짜 사할린에 도착해서 그곳의 어른들을 뵙자마자 마음이 다 허물어져 내렸습니다. 작가님도 사할린 동포들에 대해서는 대략적으로 아시죠?"

"네, 자세히는 모르고 대략적으로만 압니다. 일제 식민지 시절에 강제 징용되어서 러시아의 사할린 섬으로 보내어진 분들의 후손들 말씀하시는 거 아닙니까?"

"네, 근래에 들어 2020년이 되어서야 특별법이 제정되었습니다만, 사실 그 후손들은 그 이전까지 무국적자 취급을 당했습니다. 그 이전까지는 그분들이 한국에 오기도 쉽지 않고, 와도 쉽게 입국이 안 되었다는 말이죠. 그렇게 러시아에도 속하지 못하고, 한국에도, 일본에도 속하지 못한, 그런 상태로 평생을 살았으니 그들 부모의 조국이란 게 그들에게 어떤 의미였겠습니까? 타국 아닌 타국에서 괄시의 대상으로 살아오던 그들에게 우리들 민간단체가 먼저 찾아갔었던 겁니다. 그리고 거기서 어르신들을 뵙는데, 진짜 거짓말 하나 안 보태고 부모님 생각이 나더군요. 다들 나이가 있으시니까 절로 그런 생각이 나면서 그분들의 불편함과 서러움이 제게 와서 박히더란 말입니다. 그래서 그날 이후로 지금까지 지속해 왔습니다. 그리고 자신 있게 말할 수 있습니다. 매년 대구의 밤과 사할린의 밤 행사를 해오면서 행사의 주인공은 항상 동포들, 어르신들이었습니다. 국회의원, 지자체 단체장, 인사말 보내주시는 감사한 분들 있으시지만, 행사 진행할 때는 그분들이나 협회 간부들보다 늘 동포분들이 무대 가운데 정면에 앉으실 수 있도록 했습니다. 이게 별거 아닌 거 같아도 다른 행사나 모임을 직접 가 보세요. 늘 주인공들보다 앞자리 앉아 있거나, 무대 위에 귀빈석에 앉은 채로 주인공들을 거꾸로 내려다보는 좌석 배치가 태반일 겁니다. 전 제가 진행하면서 그렇게 진행해 본 적이 단 한 번도 없습니다."

수림은 그제야 왜 녹음기를 끄고 진행하자고 했는지, 무엇을 염려했는지에 대한 확신이 섰다. 수림은 메모를 마치고 눈을 들어 말을 마친 사내의 얼굴을 바라봤다. 새삼 의뢰인이 정말 시기적절할 때 사람을 만났다는 생각이 들었다.

"솔직히 개인적으로 흥미가 생기는 부분은 더 있습니다. 사할린 이야기로만 책을 엮어도 나올 수가 있을 테니까요. 그 외에도 하고 계시는 스피치 관련 일이라든가, 그리고 시당의 대외협력 위원장이나 홍보위원장 하던 때의 에피소드 같은 것들도 궁금하긴 합니다. 그런데…"

"네, 궁금하시겠지만, 그건 쓰게 되실 책의 중심 내용과는 무관하잖아요. 그건 제 이야기니까요. 주인공의 이야길 쓰셔야죠. 다시 말씀드리지만, 박경철 대표가 했던 일 중에서 부각시키고 싶으신 부분이 있으시면 제게 물어보세요. 제 기억이 닿는 범위 안에서는 뭐든 다 말씀드리겠습니다."

인터뷰는 그렇게 담백하게 끝을 맺었다. 짧은 시간 안에 충분히 매력적인, 굵직한 이야기들을 확보할 수 있었다. 그리고 수림은 써야 할 이야기와는 전혀 별개로 머릿속에서 많은 그림이 그려졌다가 지워졌다.

'이번 집필이 끝나면, 정말 다큐멘터리 형식의 글을 써볼까? 정말 안타깝구나. 다들 중앙 정치흐름, 편 가르기 식의 이분법적 이념에만 예민해져 있다 보니 생각이 편중된 채로 굳어버리는구나. 실제 지역구 내 현장에서 어떤 활동들이 민간 사이에서 진행되고 있는지, 그로 인해 어떤 운동적 에너지가 흐르고 있는지는 전혀 모르고들 있구나. 당장 나부터도 전혀 모른 채로 살아오지 않았나?'

인터뷰이는 책을 위해서 필요한 말만 하겠다고 했지만, 수림의 메모지에는 책으로 옮겨지지 않을 많은 메모들이 있었다. 그 메모들 사이에는 민간이 주도한 금강산 그리기 그림전시회에 관한 것을 비롯해 민간 단위로 이루어진 각종 많은 활동들에 관한 내용이 빼곡하게 적혀 있었다.

23

 기억은 시간을 견디지 못한다. 세월의 풍화작용(**風化作用**)은 개인의 기억이 왜곡되더라도 침묵한다. 당사자들의 편의대로, 주관적인 기억의 편집이 이루어지더라도 관여하지 않고 방관한다. 거기에 이의를 제기하는 건 이해 당사자들뿐이다. 수림은 일련의 사건들과 무관하게 살아온 인생이었다. 당사자들의 감정과 생각을 되짚으며 뒤늦게 퍼즐조각을 맞추는 것은 결코 쉬운 일이 아니었다.

 "만나서 인터뷰 하셨다고 들었습니다."

"네, 자리 마련해 주신 덕에 잘 마쳤습니다."

"어떻게 이야기는 잘 나오겠습니까?"

사무실로 다시 찾아온 의뢰인은 이전보다 빠른 속도로 말을 이어갔다. 아무래도 몇 차례의 인터뷰 덕에 그간 많은 시간이 흘렀기 때문이리라. 사전조사라는 이름으로 시간을 꽤 흘려보냈음에도 불구하고 글은 여전히 써지지 않은 상태였다.

의뢰인의 답답한 속내를 잘 알고 있다는 듯이 수림이 먼저 입을 열었다.

"분명 두 분의 말씀에는 공통점이 있습니다. 다만 서로 증언하시는 부분에 있어서 시간대가 다소 엇갈립니다. 각자의 기억에만 의존하다 보니 어쩔 수가 없겠죠. 안타깝게도 제 입장에서는 사실 확인을 위해 당장 참고할 만한 게 증언 외에는 SNS 활동 정도입니다만, 두 분의 계정이 다 2010년 이전의 활동은 담고 있지를 않아서요."

"그게 큰 문제가 됩니까? 어차피 활동을 한 건 사실인데, 인터뷰 내용대로 써주시면 되지 않습니까?"

"이게 단순 자서전 같은 거라면, 그랬을 겁니다. 받아쓰기하듯이 담백하게 썼겠죠. '그냥 활동을 했었다. 그래서 뭔가를 이루었고, 뭔가를 느꼈다.' 정도로 그렇게 담백하게 서술하기만 하면 그만이죠. 실제 많은 분들의 자서전이 그런 담백한 형태로 출간되고 있고요. 문제는 우린 지금 소설을 만들고 있다는 거죠. 사건을 보다 극적으로 연출하기 위해서는, 그래서 독자들에게 재미를 안겨주기 위해서는 경험하셨던 내용에 대한 기억이 명확하실수록 좋다는 겁니다. 그래야 더 극적인 구성이 가능합니다. 제가 아무리 상상력이 뛰어나더라도 그건 사실에 얼마간 기반했을 때에만 빛을 발할 수 있습니다."

"당혹스럽군요. 그래서 사할린 활동 관련해서도 그렇고, 동서화합웅변대회와 관련해서도 그렇고. 전 첫날부터 말씀을 다 드렸으니까요. 게다가 함께 현장에 있었던 사람까지 소개를 해드렸는데, 여전히 뭔가가 더 필요하다고만 하시니까요."

"확실히 그렇게 해주신 덕분에 첫날부터 이야기의 개요는 빠르게 그려낼 수가 있었습니다. 문제는 너무 압축되었다는 거죠. 두 분의 기억이 분명 겹치는 부분이 있지만, 그 부분이 문장으로 옮겨 적으면 짧은 몇 문장 밖에는 되지 않는다는 겁니다. 그럴 수밖에요. 몇 년이나 같은 내용의 사업이 반복되다 보니 언제 어떤 활동이 처음이었는지, 그게 누구의 활동이었는지, 무엇이 그리도 강렬한 동기부여의 요소가 되었는지는 어느새 전부 모호해진 겁니다. 그게 잘못되었다는 이야기는 아닙니다. 단순히 두 분 다 기억이 명확하지 못하다 보니 작업하는 제 입장에서는 정말 혼자서 새롭게 창작해야 할 수준이 되고 말았다는 거죠."

"그렇군요. 그럼, 제가 어떻게 도와드리면 될까요?"

"이전과 크게 다를 바는 없습니다. 몇 가지 질문을 드릴 텐데, 거기에 답변만 해주시면 됩니다. 어디까지나 나머지는 다 제가 직접 정리해야 할 저의 숙제들이니까요."

말을 마친 수림은 자리에서 일어나 커피포트를 켰다. 물이 끓어오르는 동안 녹음기를 찾아 테이블 위에 올리고서는 메모지를 가져왔다. 그때까지 의뢰인은 수림을 주시하며 최근에 확인받았던 원고의 내용들을 떠올렸다. 앞으로 남은 내용들도 그 정도 수준으로 작성되면 괜찮겠다는 생각을 하던 차에 호출을 받았던 터라 불안한 마음이 움트려고 했다.

"뭐, 소설이라고 해서 뭐든 다 뻥으로 쓸 수는 없다는 거죠. 하하하."

마른 웃음을 흘리며, 수림은 그간 자신이 찾아낸 기록들을 의뢰인 앞에 펼쳐보였다. 때를 맞춰서 커피포트의 물이 끓어올랐다. 수림은 등을 돌려 손으로는 차를 준비했지만, 입으로는 둘의 기억에서 차이가 나는 부분들을 하나씩 짚기 시작했다.

"우선 말씀해주신 <동서화합웅변대회>가 대외 홍보에 사용되었던 정식 명칭은 아니었던 것 같아요. 덕분에 확인을 위해 검색할 때 좀 애를 먹었네요. 당시 신문에는 <동서문화교류협회>에서 주최된 <동서 교류 글짓기와 웅변대회>로 소개되어 있더군요. 협회명이 어찌 되었든 확실히 활동을 했는데, 그게 무슨 문제가 되냐 하실 수도 있지만, 이게 저한테는 제법 중요한 문제입니다. 타임라인을 제가 제대로 인식하고 재구성하는 것과 그냥 멋대로 해버리는 것은 차이가 커서요."

"그런가요? 뭐, 제가 전문가는 아니니 뭐라고 말하기는 어렵군요."

"음. 게다가 그분은 2011년으로 말씀해 주셨는데, 두 분께서 기억하시는 사건의 발생 연도는 대략 2007년이거나 2006년, 혹은 2008년이었던 것 같습니다. 일단 당시 대표님의 아드님들 나이가 각각 여덟 살, 여섯 살 때쯤이라고 하셨으니 말이죠. 자녀분들 나이가 현재 대략 이십 대 초반을 넘어서고 있는 걸로 알고 있습니다. 그렇다면, 2011년일 수는 없거든요. 아무래도 그 시기쯤 있었던 제11회 대회, 그러니까 2008년이나 2007년에 있었던 제11회, 혹은 12회 대회를 잘못 기억하셔서 2011년에 있었던 사건으로 알고 계셨던 거 같아요. 그래서 확인을 해보니 2008년에 제11회 대회가 목포시 평화광장에서 진행되었다는 신문기사가 있었고, 2007년 5월에 있었던 개막식에서 10년간 행사를 지속한 공로로 당시 협회 회장이 광주시의회 의장 표창장을 받았다는 기록이 있더군요. 그러니 두 분이 말씀하시는 사건은 아마 2007년에 있었던 행사였을 것으로 추정이 됩니다."

"아, 그건 그럴 수 있겠군요. 충분히 그럴 수 있겠습니다."

"다시 말씀드리지만, 소설에서는 이런 것으로 독자들의 머리를 아프게 할 생각은 조금도 없습니다. 간략하게 쓸 겁니다. 뭐, 필요에 따라서는 제가 이야기의 순서를 수정할 수도 있고요. 이건 어디까지나 우리끼리만 확인되면 되는 부분이라는 거죠. 그러니까 저는 실제 제 앞에서 말씀해주고 계시는 박경철이라는 인물보다 소설 속에서 재탄생한 마태오의 내면에 훨씬 더 관심이 많은 사람인 겁니다. 저의 고민이 고스란히 담긴 주인공 말입니다. 결국 저는 주인공 마태오의 성장과정에 있어서 개연성을 만들어줘야 하니까요. 독자들을 위해서는 그런 작업이 필수적이란 겁니다. 뭐, 그래서 그렇습니다. 다소 답답하실 수 있겠지만, 반드시 꼼꼼하게 확인된 후에 정리해서 진행되어야 한다는 거죠. 실제 현실의 박경철이란 사람이 겪은 사건들과 그 사건들의 나열 순서가 제대로 확인되고 나서야 소설적으로 재구성이 가능합니다. 결국, 제가 제대로 알아야 그럴싸하게 빚어낼 수 있다는 말이죠."

의뢰인은 독특한 향을 풍기는 차를 건네받으며 고개를 끄덕였다. 확실히 그의 기억력은 안갯속을 걷는 것처럼 모호한 부분들이 있었다. 그건 사업이 되풀이되는 과정에서 행사 및 활동들이 중첩되다보니 시간적인 감각을 잃어버린 탓이었다. 그래서 함께 했던 동지를 찾아 연락했지만, 사정이 크게 나아지진 않았다.

"그러니 오늘은 그저 제가 조사한 내용들이 맞는지, 지금처럼 들어보시고 최대한 기억을 떠올려주시면 그걸로 충분합니다. 나머지는 제가 알아서 쓰면 됩니다."
"무슨 말씀이신지를 잘 알겠습니다."
"네, 그리고 글을 준비하고 있는 제 입장에서 정말 아쉬운 건 대표님께서 글의 주인공이신데, 당시 활동했던 민간 기관에서 회장의 자리에 계셨던 건 아니라는 겁니다."

수림은 찻잔을 들이키며 눈을 내리깔았다. 이야기를 단순 명료하게 끌어가기 위해서는 이런저런 직책보다는 회장이 유리한 게 사실이었다. 빠른 이해를 위해서 이야기가 단순한 구조이길 바라는 사람들이 그렇지 않은 사람들보다 훨씬 많으니까. 그리고 무엇보다 애써 흠집을 내고 싶어 하는 사람들 때문이라도 명백히 그게 더 좋은 명함임에는 틀림이 없었다.

"그건 맞습니다. 당시에는 민족통일대구청년협의회에서 부회장을 하거나, 사무국장을 하거나, 뭐, 그런 식이었습니다. 현재는 또 자문위원이고요. 회장직은 한 적이 없습니다."

"네, 반드시 회장직을 해야만 어떤 열정이나 책임감이 더 고양되거나 하는 건 아닙니다만, 정보가 없는 상태에서 읽는 이들은 순수한 의지, 그 마음 자체를 먼저 보기보다는 단순히 표면적으로 회장직을 수행하지 않았다는 것에서 리더십의 문제로 연결 지어버릴 수도 있으니까요. 솔직히 이 부분은 좀 염려가 되네요."

"아, 흠집을 내고 싶어 하는 사람들 말입니까? 하하하. 그렇다고 사실이 아닌 걸 사실이라 해서도 안 되고, 할 필요도 없고요. 회장직은 그간 잘해왔던 사람이 있는데, 제가 굳이 나서서 할 것도 아니었고요. 진짜 중요한 건 따로 있지 않겠습니까?"

"네, 정말 중요한 건 민간 단위에서 이토록 활발하게, 지속적으로 움직이고 있었다는 거죠. 나라의 주요 관직에 앉은 사람들이 아니라."

"맞습니다. 바로 그 부분입니다. 먼저 앞장서서 잘 달려주시던 분들이 있는데, 그 모든 잘 차려진 밥상이 마치 제 것인마냥 행동할 필요는 없죠. 진짜 필요한 건 우리 모두를 위한 결과이지, 저라는 한 사람의 명예가 우선되어서 좋을 게 뭐가 있겠습니까? 그보다는 모두를 위해서 대외적으로 이런 활동이 이미 민간 단위에서 실천되고 있었다는 걸 사실대로 알리는 게 훨씬 더 큰 도움이 될 수 있겠죠. 실제로 그러기 위해서 출마하겠다는 의지도 생긴 거고요."

수림은 만족스럽게 고개를 끄덕였다.

"그러니 동서화합이든, 동서교류이든, 그런 것도 중요한 게 아닙니다. 그것보다는 당시 우리가 1톤 물량의 과일. 맞아, 그 과일이란 게 아마 경산지역 포도였을 겁니다. 포도를 싣고 광주에 도착했을 때…"

"경찰들 에스코트 속에서 신호 통제가 이루어지고, 논스톱으로 충장로를 가로지르셨던 거 말씀이죠? 네, 이 부분은 두 분의 기억이 정확히 일치하더군요. 확실히 인상적인 사건이긴 합니다."

"맞아요. 민간에서 이런 행사를 진행한다고 하니 당시에는 큰 도움을 주시더군요. 대구에서 여기까지 오느라 수고했다면서 논스톱으로 달릴 수 있게 신호 통제까지 해주셨죠. 충장로 번화가 한복판에서 과일 나눔 할 수 있게 자리도 펼 수 있도록 도와주시고. 그때에도 확실히 핵심 기획은 제가 한 게 아니었습니다. 행사 준비는 함께 했지만 말이죠. 그래서 어느 자리의 누가 그런 도움을 줬는지는 제가 명확하게 모릅니다. 그렇지만, 이건 확실하죠. 중앙 정치에서는 어땠는지 몰라도 당시의 영호남은, 서로를 받아들일 준비가 충분히 되어 있었다는 겁니다. 정부 요직의 사람들은 말과 행동을 조심했었는지는 몰라도, 민간 활동에서는 이쪽에서 다가가니까 거부감이 있기는커녕 오히려 반겼다는 겁니다. 지금과는 확연히 다른 분위기였습니다."

의뢰인은 그때부터 열을 올리며 자신의 생각을 거침없이 내뱉기 시작했다.

"그래서 처음으로 그런 의심을 했습니다. 아, 지역감정 같은 거 어쩌면 다 정치하는 사람들이 만든 것일 수도 있겠구나 하고요. 최근 야기되는 세대갈등, 남녀갈등. 전부 다 그럴 수도 있겠다는 생각을 요즘도 해봅니다. 왜냐면, 제겐 그런 확실한 경험이 있으니까요. 그래서 그때의 경험이 저를 전진하게 하는 겁니다. 어떤 이권에 이끌려 편향적으로 사고하기보다는 화합과 연대의 힘을 믿자고요."

의뢰인, 박경철의 두 눈은 그 어느 때보다 강렬한 빛을 발하고 있었다.

24

집으로 돌아온 마태오는 옷을 갈아입었다. 내면의 그릇이 하루가 다르게 빚어지는 것과 관계없이 어느새 그도 중년을 향하고 있었다. 강함이 무엇인지도 모른 채 강함을 쫓던 어린 소년이 두 아이의 아빠가 되었고, 링 위에서 흘리는 땀 때문에 평생 나올 것 같지 않았던 아랫배도 점차 불러오고 있었다. 마태오는 오랜만에 거울을 마주 보고 섰다. 천천히, 시간을 들여서 자신의 변화된 몸 이곳저곳을 둘러봤다. 여전히 몸을 쓰고, 힘을 쓰는 것에는 자신이 있었지만, 확실히 체형은 평범한 아저씨들처럼 서서히 변해가고 있었다.

마태오는 그런 자신의 몸 앞에서 다시 한번 지나온 시간들과 인연들을 되짚어 보았고, 결국 또 마르코를 떠올리게 되었다. 어린 시절 형의 넓은 등에 업혀있었던 순간이 떠올랐고, 뒤이어 어쩌면 이제 마르코보다 자신의 키가 더 클지도 모른다는 생각이 들자 괜히 또 슬픈 마음이 들었다.

　'형도 내 키가 훌쩍 자란 모습을 상상해 봤겠지.'

　이대로 세월이 더 흐르면, 마르코도 등이 굽을 테고, 먼저 등이 굽고 관절이 뻑뻑해진 마르코가 마태오에게 전해주지도 못할 관절 약을 챙겨둘지도 모를 일이었다. 생각이 거기까지 이르자 마태오는 벗었던 옷을 다시 챙겨 입고 무작정 밖으로 나섰다.

　막연하지만, 꿈을 향해 달려보고 마침내 그것에 닿기 위해서는 무작정 시간에 감정을 녹여서는 안 될 일이었다. 그것보다는 당장이라도 터질 듯한 마태오의 심장, 그 무한한 열정을 쏟아 부을 대상이 필요했고, 뜻을 나눌 사람이 필요했다. 마태오는 자신의 주변 환경부터 당장 바꿔야겠다는 생각으로 시선을 옮겼다.

　자신의 내면에서, 타인의 내면으로.

마태오는 거리로 나가 걸음을 옮길 때마다 명상에 젖어들 때처럼 호흡에 집중했다. 발걸음마다 호흡을 실었고, 숨이 들어와 몸을 돌고 나갈 때마다 자신의 기운을 내뿜었다. 모르는 이들의 눈에는 단순히 산책하는 동네 아저씨처럼 보였겠지만, 마태오의 내면은 그 어느 때보다도 붉었다.

'모든 시작은 나에게서. 그리고 내 주변에서. 내 일상에서.'

그렇게 마태오는 보아스를 만났다. 아니, 그를 재발견하게 되었다.

25

보아스는 마태오와 같은 해에 태어났었고, 마태오처럼 그
역시도 젊은 시절에는 운동에 매진하여 직접 태권도 체육관
을 차려서 운영했었다. 다른 점이 있었다면, 보아스가 마태오
보다 도복을 더 빨리 벗어던졌다는 점이다.

잠재능력이 특출했던 보아스는 일찌감치 스피치 사업으로
눈을 돌렸고, 그런 보아스의 선택은 신의 한 수가 되었다. 보
아스는 특출난 스피치 기술로 정당에서 열린 웅변대회에서
우승을 했었고, 그걸 계기로 실력을 인정받아 이후 대선 후보
의 유세 현장에서 마이크를 들기도 했다. 때문에 마태오가 보

아스에게 호의를 품게 된 건 지극히 자연스러운 흐름이었다.

'그래, 사람이 대중 앞에 서려면 기본적으로 스피치가 되어야지.'

보아스의 활동이 퍽 인상적이었던 마태오는 보아스에게 두 아들을 데려갔다.

"아이들에게 미래를 위한 기술을 심어주셨으면 합니다."

이후로 마태오는 보아스를 더 가까이에 두고 그를 지켜보았다. 그리고 시간이 흐를수록 마태오는 보아스에게서 배울 점이 많다는 것을 알게 되었다. 그중 첫 번째가 사회에 봉사하는 정신이었다. 마르코로부터 사회적 봉사의 가치를 듣고 내면을 넓혀왔던 마태오로서는 그가 몸담고 있는 민간단체들과 사회사업에 저절로 흥미가 생겼다. 그리고 때마침 아이들과 함께 참여할 수 있는 기회가 자연스럽게 다가와 주었다.

"제가 가진 명함 중에는 동서문화교류협회 회장직이라는 게 있습니다. 덕분에 제가 매년마다 해오던 사업이 하나 있는

데, 이번에 아이들도 참여를 한다면 좋은 실전이 될 수 있지 않을까 합니다."

"어떤 사업이기에 그렇습니까?"

"이 땅의 동쪽과 서쪽은 서로 사이가 좋지 않다는 인식이 오래전부터 뿌리박혀있지 않겠습니까? 뭐, 거의 혐오하는 수준이라고 보는 게 맞을 정도로요. 그래서 그런 인식들을 좀 개선해 봤으면 해서요. 이쪽에서 먼저 만나러 가보려고 합니다. 뭐, 친구를 사귀는 방법이 그렇지 않습니까? 먼저 생각 있는 사람이 다가가서 말을 걸어서 같이 떡볶이라도 한 접시 하든가, 아니면 장난이라도 쳐봐야 이후부터 붙어 다니게 되잖아요."

"좋은 생각이십니다. 그래서 구체적으로 무엇을 준비하고, 어떻게 하면 되는 겁니까?"

"올해는 이전보다 조금 더 힘을 줘볼까 합니다. 이쪽 지역의 특산품. 그러니까 뭐, 과일 정도면 적당하지 않을까 합니다. 호의를 가지고 왔다는 걸 보여주기 위해서요. 가서 행사장을 찾아오는 모든 이들에게 무료로 나눠주기로 하죠. 행사는 글짓기와 웅변대회를 진행할 겁니다. 주제는 화합과 통일에 관한 것으로 하고요. 그래서 우승하는 이가 있으면 상금과 상패도 증정하고요."

<통일>이라는 단어에 마태오의 심장은 바로 반응해버렸다. 피가 순식간에 달아올랐고, 몸에서 저절로 열기가 뿜어져 나왔다. 자신이 어디서부터 첫발을 내딛는 게 좋을지 몰라 주변을 둘러보고 있을 때, 눈앞의 이 사내는 이미 스스로 작은 걸음을 내딛고 있던 중이었다.

"훌륭한 생각이십니다. 어떻게 이런 사업을 기획하신 겁니까?"

"제 주변에 좋은 선배들이 많이 계셔서요. 그분들에게 영감을 많이 받았죠. 그래서 저절로 알게 되었고, 알게 되었으니 실행해보는 겁니다. 어쩌면 국회의 높으신 양반들이 앞장서서 하셔야 할 일인지도 모르겠습니다만, 제가 해보니 그렇더라고요. 스스로 자랑스러워지는 게 좋습니다. 일반인들은 생각조차 않는 일을 직접 나서서 했다는 것에서 큰 기쁨도 느낄 수 있고요."

마태오는 고개를 크게 끄덕였다. 어쩌면 그간 너무 어렵게 생각해왔는지 모른다. 알고 보면 이처럼 단순한 것이었다. 실천의 의지만 있다면, 지금처럼 눈앞에 숙제가 나타났을 때, 바로 풀어버리고 과정을 기억하면 되는 문제였다. 마태오는 그때부터 보아스가 추진하는 일을 옆에서 돕기 시작했다. 주변에 사업을 알렸고, 후원금을 모아 집행하는 과정을 지켜보았다. 거기에 자신도 흔쾌히 주머니를 털었다. 행사 당일이 되었을 때는 당도 높은 포도가 무려 1톤이나 준비되어 있었다.

막연히 어려울 거라 생각했던 일들이 그렇게 모두 쉽게 풀렸다. 기대와 희망 같은 긍정적인 에너지만 실은 채 사람과 포도가 올라탄 버스가 서쪽으로 향했다.

달리는 차 안에서 마태오는 그간 자신이 인식하고 있었던 지역감정이란 것에 대해 떠올려보았다. 직접 겪지는 않았지만, 지역을 넘어서 들어간 차는 주유소에서 기름도 넣어주지 않는다는 이야기를 들은 적이 있었다. 그만큼 대중들 사이에 뿌리내린 인식은 조금도 좋을 게 없었다. 그럴 수밖에. 과거 정권에서는 민주화 운동을 이념의 문제로 규정하고 무력행사를 했었고, 마태오가 뿌리내리며 살아온 지역은 그런 정권의 지지 세력들이 대거 밀집해 있던 곳이었다.

한쪽에서는 상대가 인두겁을 뒤집어쓴 살인마들로 보였을 테고, 다른 쪽에서는 상대가 그릇된 이념을 전파하여 나라와 시민들에게 혼란을 가중시킨 역적 중의 역적으로 보였을 테다. 그럼, 마태오에겐 그들이 어떻게 보이고, 그들은 마태오를 어떻게 볼 것인가?

　마태오는 군대 시절을 떠올려봤다. 서쪽에서 살다가 온 사람들도 만났었고, 동쪽에서 살다가 온 사람들도 만났었다. 그리고 수도권에서 온 사람들과도 교류를 했었다. 다들 얼마씩 생각은 달랐지만, 모두가 같은 소대, 중대, 대대, 사단 소속의 병력이었다. 사람과 사람이 만난 곳이고, 특수한 상황에서 억눌려 지내는 환경이다 보니 잦은 마찰이 있었다지만, 거기까지였다. 그들 중 살인마나 역적 같은 극악무도한 이를 만났던 적이 있었던가?

　물론, 그때도 직접 겪지는 않았지만, 들은 이야기들은 많았다. 마태오가 입대하기 직전에 전역한 병사 중 온갖 부조리를 서슴없이 일삼는 잔혹한 병사가 한 명 있었는데, 그가 서쪽 출신이었기에 서쪽 출신과는 절대 상종하지 않겠다는 다짐을 한 이들이 많았다는 거다. 반면, 옆 중대 선임 병사들은 다수가 마태오와 같은 지역 출신이었다. 그들이 저지르는 잔혹 행위 때문에 자살 시도까지 했던 병사가 있었을 정도라는 이야기를 들었다.

　'그럼, 결국 출신 지역의 문제가 아니라, 각 개인의 문제가 아닐까? 그렇다면 사회에서 나쁜 사람이란 것과 내게 직접적으로 위해를 끼친 나쁜 사람이란 것으로 문제를 바꿔서 봐야 하는 것일까? 아니, 그렇게 된다면, 결과적으로 사회에서 나쁜 사람이란 건 그 경계가 어디까지일까? 정말 그런 사람들이 있다면, 개인이 어떻게 대응할 수 있는 걸까? 대응이 가능하기는 한 걸까?'

흔들리는 차 안에서 마태오의 머릿속도 흔들렸다. 고속도로라고는 해도 동과 서를 연결하는 도로는 좁았고, 길은 마모되어 보수가 필요한 곳이 너무 많았다. 덕분에 흔들림은 끊이지 않았다. 그런 혼란 속에서 마태오는 용케 새시대, 새 천년이란 말을 떠올렸다. 그리고 동시에 두 아들의 얼굴이 지나갔다.

'그럼, 역사적 사건을 직접 체험한 세대가 세상을 떠난 후 지금의 아이들이 어른이 되었을 때는 어떠할까? 아이들도 자신들은 겪어보지도 않은 사건과 시간으로 인해 상대를 향한 막연한 혐오를 머금은 채 세상을 살게 될까?'

마태오는 잠시 눈을 붙였다. 어지럽게 뻗어나갔던 많은 질문들이 답을 찾지 못한 채 다시 한 가지 의문으로 되돌아오고 있었다.

'그런데 왜 이런 케케묵은 감정들을 해소하기 위한 노력들을 하지 않는 거지? 어째서 민간단체가 앞장서서 더 노력해야 하는 거야?'

마태오의 내면은 말로 형용하기 어려운 불쾌감에 휩싸였다. 결코 마주하기 싫은 진실, 원치 않는 자각의 시간이 찾아왔다. 그가 긍정적으로 생각하고 믿었던 사람과 사람 간의 연대, 바른 인성을 지닌 시민들의 바른 의지, 그런 의지의 통합 같은 이상적인 그림이 전부 문자 그대로 이상적인 것에 지나지 않을지도 모른다는 패배적인 생각이 마태오를 휩감았다.

모든 퍼즐 조각을 직접 조사하고 맞추어본 것은 아니지만, 사람과 사람 간의 혐오를 이대로 방치해둔다는 건 누군가에겐 이권의 기회가 될지도 모른다는 위험한 생각. 그리고 한 발 더 나아가 그릇된 것임을 알면서도 그런 사실을 묵인하거나 동조하면서 외면한다는 건 그것에서 파생되는 이익을 나누는 누군가가 있고, 그들끼리 또 패가 나뉘었을지도 모른다는 더욱더 무서운 생각.

온갖 부정적인 생각이 마태오의 내면을 어지럽혔다. 어떤 물적 증거도 없고, 확인된 바도 없지만, 이토록 오랜 시간 동안 혐오를 방치했다는 단 하나의 사실만으로 마태오의 위험하고 두려운 생각은 점점 더 확신으로 굳어지고 있었다.

"눈 떠 보시겠습니까? 우리를 마중 나온 이들이 있습니다."

건너편 자리에 앉아있던 보아스가 마태오의 어깨를 흔들었다. 창밖으로 눈을 돌리자 오토바이에 올라탄 경찰들이 마태오 일행이 타고 있는 버스를 전후좌우로 호위하고 있는 중이었다. 마태오는 어안이 벙벙했다. 어째서 이 자리에 경찰들이 나타난 것일까? 놀라운 일은 거기에서 그치지 않았다. 아니, 처음에는 무슨 일이 벌어지고 있는 것인지 인식조차 하지 못했다. 그러다 차가 시내로 접어들고 나서야 알 수 있었다.

'아! 우리 차는 지금 신호를 받지 않고 있구나! 저들이 우리를 반기고 맞이해주고 있었던 거야!'

이건 마태오측에서 먼저 내민 호의를 감사히 받아들인다는 의미의 답례였다.

"혹시 매년 이런 의전(儀典)을 해왔던 것입니까?"

"아니요. 저도 처음입니다."

대답하는 보아스의 목소리도 떨렸다.

"제가 매년 해왔던 일에 대한 답례를 이렇게 받는 것 같습니다. 제가 말했지 않습니까? 활동하다보면, 스스로 자랑스러워진다고. 그렇지 않나요?"

"네, 충분히… 자랑스럽습니다."

마태오의 목소리도 떨렸다. 조금 전까지 그의 내면을 더럽히던 모든 생각들이 일순간에 소멸되었다. 확인되지 않은 것에 마음이 끌려가 회의적으로 현실을 재단하는 것은 하나도 중요한 것이 아니었다. 오로지 바른 일을 행하겠다는 의지와 실천. 그리고 결국 사람은 사람과 함께 마음을 나누게 된다는 믿음. 그것이 전부라는 걸 새삼 확인하는 순간이었다.

마태오는 잠시 눈을 감고 그의 마음속에서 멋지게 휘날리고 있는 국기(國旗)를 바라보았다.

26

    한동안 마태오는 과일을 나눠주던 두 손을 되려 어루만져 주던 행인들의 손길을 잊을 수 없었다. 거리에는 온정이 있었고, 용서가 있었고, 내일에 대한 어떤 기대감이 있었다. 무엇보다 그런 따뜻함을 안고 돌아오니 자신이 사회를 위해 할 수 있는 일이란 것이 생각보다 여러 형태로 존재할 수 있겠다는 생각이 들었다. 마태오는 우선 흥분되는 마음을 가라앉힌 다음, 선택지를 좁히는 작업부터 시작했다.

    보아스에게 전화를 걸었다.

"잠시 시간 좀 내주실 수 있겠습니까?"

연락을 받고 오래지 않아 보아스가 나타났다. 바쁜 스케줄 탓에 둘은 만나지 못할 뻔 했지만, 다행히 보아스가 다음 목적지로 이동하기 전에 잠시 짬을 낼 수가 있었다. 보아스는 마태오의 체육관 응접실에 앉아 시간을 확인했다.

"걱정 마세요, 오래 붙잡아 두지는 않을 겁니다. 그냥 솔직한 생각을 듣고 싶어서 그렇습니다. 아무래도 제가 본 회장님은 이런저런 사회사업도 많이 하시고, 그 과정에서 직접 정치인들도 만나는 경우가 있는 것 같아서 말이죠."

"뭐, 공직자분들이라면, 보통 제가 쓰임이 있어 그분들에게 불려가는 경우가 전부이죠."

"하하, 겸손이 지나치시군요. 그럼, 바쁘실 테니 제가 시간 끄는 것 없이 바로 물어보겠습니다. 저는 한반도의 통일을 바라고, 나아가서는 통일 한반도의 대통령. 그게 무리라면, 통일 한반도를 위해 일하실 분들의 좋은 도구로 성장하고 싶습니다. 아무래도 회장님은 여러 인재들을 만나보셨을 테니, 저에 대한 인물평도 내릴 수 있으리라 봅니다. 제가 그럴 수 있는 사람으로 보이십니까?"

"전제가 매우 이상적입니다. 그리고 당장 그렇게만 듣기에는 가능성이 없어 보입니다."

"단 1퍼센트도요?"

"네, 단 1퍼센트도요. 솔직히 아직 이렇다 할 성과를 보여준 적이 없으시지 않습니까? 그런 상황에서 단순히 앞으로의 이상만 듣고 판단하기에는 무리라고 봅니다. 그런 이상은 잘 모르더라도 지금 전국에는 국회 입성 하나만을 바라보고 왕성한 활동을 이어나가고 있는 숱한 사람들이 있고, 저마다 다 지지기반이라고 할 만한 크고 작은 세력들과 함께하고 있으니까요."

"정말 솔직히 답변해주셔서 감사합니다."

마태오는 진심으로 고개를 숙여 그의 마음을 전했다. 보아스의 솔직한 평이 마태오의 결심을 더욱 단단하게 해주었다. 마태오는 최대한 간략하게 자신의 어린 시절과 성장과정, 그리고 마르코와 나누었던 대화들을 들려주었다.

"그래서 저는 통일 한반도를 꿈꾸는 겁니다. 그리고 그 주축이 저처럼, 아니, 우리처럼 운동을 했던 사람들, 진심으로 무도(武道)를 닦으며 수련을 하고 있는 사람들이 되었으면 합니다. 결국에는 사람이 희망입니다. 우리가 어떤 사람들입니까? 아이들에게 충과 효를 가르치고, 몸과 마음을 단련시켜 직접 내일을 열어갈 수 있도록 돕는 사람들입니다. 그러니 그런 마음으로 함께 한다면, 저는 충분히 가능성이 있다고 봅니다. 무모한 도전일지라도 달릴 수 있을 때까지 달리면, 세상에 아주 작은 변화의 바람 정도는 불러올 수 있지 않겠습니까?"

"제가 했던 말을 정정하겠습니다. 말씀처럼 하신다면, 그 진정성이 정말이라면, 1% 정도의 가능성은 있다고 봅니다."

말을 마친 보아스는 고개를 숙여 보이는 것으로 인사를 대신했다. 보아스는 자리를 떠났지만, 마태오는 자리에서 일어나질 않았다. 아직은 자리에서 일어날 때가 아니었다. 마태오는 1%의 가능성을 100%로 바꾸기 위해 자신의 뜨거운 열정을 세상에 꺼내 보이기로 했다.

'가장 빠른 방법은 당장에는 느리더라도 지치지 않고 꾸준히 밀고 나가는 것이다.'

마태오는 다시 보아스에게 전화를 걸었다.

27

마태오는 가시적인 부분부터 환경을 바꿔나가기로 했다. 당장 체육관부터 정리하고, 경호업체 사업으로 전환하기로 하였다. 단박에 사업을 정리하기에는 현실적으로 어려움이 있었지만, 업무의 비중 자체를 바꾸고 이전할 사무실 위치도 알아보기 시작했다. 모든 게 다 생활 패턴에 변화를 주기 위해서였다. 어디까지나 시간 관리를 위한 선택이었고, 보다 더 많은 사람들과 만나기 위한 결정이었다. 자신의 의지로 바로 바꿀 수 없는 부분들은 시간의 흐름에 맡기기로 했다.

그리고 그 외의 시간은 사회사업에 신경을 쓰려고 노력했다.

"제가 이전까지 여러 민간단체 활동을 했습니다만, 저도 몸이 하나라서요. 이제는 북동지역 해외 동포 사업에 집중하려고 합니다."

마태오는 보아스와 연락하고 그의 행동을 지켜보는 것만으로도 많은 자극을 받았다. 게다가 보아스의 기획력은 남다른 면이 있어 여러모로 공부도 되었다. 보아스는 자신이 주력으로 추진하고 있는 사업에 관해 마태오에게 소개해 주었다.

"북동지역 해외 동포요?"

"네, 식민지 시절에 강제로 끌려가서 해외로 넘어가신 분들 있지 않습니까?"

"아, 강제 이주되어서 노역하셨던 분들이요?"

"네, 그분들에게 우리나라는 조국이면서도 조국이 아니거든요. 이미 세대가 바뀌어서 1세대들은 이미 대부분 유명을 달리하였고, 2세대들은 어디에도 속하지 못한 채로 귀향에 대한 막연한 기대만을 품고 살아왔죠."

"그런데 그분들이 어디에도 속하지 못한다는 건 정서적으로 그렇다는 뜻입니까, 아니면, 실제 국적이 그렇다는 겁니까?"

"정확히는 둘 다죠. 1세대들은 무국적자 신분으로 살다가 죽었습니다. 그리고 그건 2세대들 역시 마찬가지입니다. 두 발이 낯선 타국을 딛고 서 있기는 하지만, 그들이 정상적으로 자기네 국민 취급을 해주지는 않았다는 거죠. 그건 부끄럽지만 우리나라도 마찬가지였습니다. 이제야 경제성장이 되어서 망정이지 솔직히 이전까지는 우리들 단체 외에는 아무도 그들에게 관심을 가져주지 않았습니다. 아니, 정확히는 존재하고 있단 자체를 모르고 지냈다는 게 맞는 말이겠죠. 덕분에 제대로 된 여권도 만들지 못하는 신분이 되었고, 그렇다 보니 우리 땅에 도착했다 해도 쉽게 들어올 수도 없는 겁니다.”

보아스를 통해서 알게 된 북동지역 해외 동포들의 실태는 가히 충격적이었다. 1세대들은 어떻게든 귀향하겠다는 의지가 있었지만, 2세대와 3세대들은 달랐다. 제대로 정착하지 못한 1세대들로 인해 2세대들은 태어났을 때부터 온갖 괄시를 당했고, 말로만 전해 들은 <조국>이란 것에 대해 어떤 구체적인 감흥이나 정서조차 품지 못한 채 <조국>의 소식을 일방적으로 기다려야만 했다. 그랬기에 <조국>은 자연스레 그리움의 대상이 아닌 원망의 대상으로 자리 잡았고, 응어리진 한(恨)은 풀리지 못한 채 예리하게 다듬어져 한 사람, 한 사람이 그대로 서슬 퍼런 칼날이 된지 오래였다.

"사업의 개요는 단순합니다. 그런 분들을 위해서 일종의 위문 행사를 진행하는 겁니다. 당장 <조국>의 행정절차는 아직 변하지 않았더라도 우리들 민간에서는 이미 그들을 포용할 준비를 이미 마쳤다는 걸 사실대로 보여주는 거죠."

마태오는 보아스의 말을 전적으로 신뢰했다. 이미 지난 웅변대회를 통해 진정성의 힘을 목격했었다. 진심으로 다가가면 결국 상대의 마음도 녹일 수 있다는 믿음. 게다가 그런 활동을 함에 있어서 얼마든지 민간이 직접 주도하여 진행할 수 있다는 걸 봤기에, 이번에도 보아스의 뒤를 쫓아보고 싶었다.

"올해는 특별히 현지에서 사진전을 열어볼까 합니다. 동포분들 중 신문기자로 활동하신 분의 필름이 있다고 하더군요. 그 필름을 인화하여 그분들 1세대들의 삶에서부터 최근까지의 일상을 볼 수 있는 기회를 가져보는 거죠. 그리고 오후부터는 함께 김치도 담아볼까 합니다. 2세대, 3세대들 중에는 제대로 방법을 전수받지 못한 이들도 있거든요."

보아스의 말에 따르면 기본적인 사업의 개요는 크게 변하지 않았지만, 지금까지 여러 차례 새로운 시도들이 있었다고 한다. 일례로 최초에는 이쪽에서 먼저 바다 건너 동포들을 직접 찾아갔다면, 이후에는 그들을 데려오거나 이미 영주귀국이 된 분들을 모시고 행사를 진행하기도 했었다. 그러다 보니 언젠가부터는 장소를 한 번씩 교차하여 행사를 추진하고 있다고 했다.

"사진전도 이번에는 현지에서 합니다만, 이후에는 시민들의 후원을 받아 이곳에서 진행을 해봐야겠죠. 그게 더 의미가 있을 테니까요."

"역시 대단하시군요. 이런 활동들을 하면서 지치지는 않으시던가요? 진정성이 통한다는 건 이제 저도 잘 압니다만, 솔직히 나라의 정책 방향 등이 틀어지면, 이런 사업도 꽤 애를 먹게 되지 않겠습니까?"

"말씀드렸다시피 스스로 자랑스러움을 느끼는 바로도 충분히 족합니다. 그리고 그게 아니더라도… 나중에 직접 현지에서 어른들을 뵙게 되면, 아마 제가 하고자 했던 말이 무슨 말인지 단박에 아실 겁니다. 저는 그래서 이 사업에 매진하고 있는 중이거든요. 정말, 그분들이 남 같지가 않거든요."

입국 과정은 생각처럼 순조롭지가 못했다. 까닭인즉, 선물의 양이 너무 많다는 거였다. 말끔하게 양복을 차려입은 남자들이 이것저것 김치 담글 재료부터 시작해서 여러 선물들까지 핸디 캐리로 통과시키려니 당장 출입국심사에서 의심을 받게 되었다. 그들 눈에는 마태오 일행이 장사치로 보였던 것이다. 다행히 노련한 보아스의 임기응변으로 심사를 통과하게 되었지만, 마태오는 그때부터 낯선 타국에 발을 딛게 되었다는 걸 새삼 느끼게 되었다.

그리고 마태오는 오래지 않아 보아스가 출발 전에 했던 말을 이해하게 되었다. 처음으로 현지 어르신들을 뵙게 되었을 때, 마태오는 자신도 모르는 사이에 자신의 눈가에 눈물이 맺혀 쏟아지기 직전이라는 걸 알게 되었다. 세월 속에 굽은 등과 주름진 손, 그들 중에는 미리암과 나이가 비슷하거나 어린 사람들도 있었다. 그들이 미리암과 다른 점이 있었다면, 딛고 서 있는 땅의 위치가 달랐고, 그 덕에 마음에 고칠 수 없는 병을 담아둔 채로 앓고 있다는 점이었다.

"제가 뭐라고 했습니까? 그냥 와서 보면 없던 진정성도 생긴다니까요. 허허허. 저도 처음에는 좋은 선배들을 따라서 좋은 사업에 참여해 보겠다고 왔었습니다. 그런데 이제는 명확합니다. 여긴 제 삶의 일부입니다."

"함께 해보자고 말씀해주셨던 거… 정말… 고맙습니다."

마태오는 북받치는 감정을 어떻게 풀어내야 좋을지 감이 오질 않았다. 세상에는 도움의 손길이 필요한 이들이 이렇게나 많은데, 어째서 먼저 나서서 그들에게 적극적으로 다가가질 못하는 것일까? 어떻게 민간단체에서 먼저 이렇게 많은 시간과 노력, 자원을 쏟아가며 활동할 때까지 우리의 조국은 침묵하고만 있었는가?

마태오는 준비된 사진들을 돌아보았다. 흑백으로 찍힌 사진에는 족두리를 머리에 얹은 앳된 소녀들이 있었다. <조국>으로 돌아가고 싶다는 일념, 혹은 본능에 따라 기억하고 있는 생활양식을 끝까지 고집하고 있는 모습. 이미 조국에서는 그런 겉치장은 불편하다고 잊어버린 지가 오래인데, 사진 속의 소녀들은 하나같이 족두리를 얹은 채 사진사를 돌아보고 있었다. 마태오는 그런 소녀들의 얼굴 위로 아까 뵈었던 어른들의 얼굴을 겹쳐보았다. 그분들은 여전히 족두리를 보관하고 있을까? 새해가 되면 한복을 꺼내서 다려 입을까? 그러면서 또 조국을 떠올릴까? 이제는 너무 달라져서 길바닥 돌멩이 하나조차 옛것이라고는 남아 있지 않을 조국을?

마태오는 어른들의 깊게 팬 주름살 사이로 박혀있던 세월을 다시금 떠올렸다. 어쩌면 그들의 젊음은 타국의 햇살과 바람 앞에서 그대로 녹아버린 것인지도 모르겠다. 그렇게 세월과 원망만 남긴 채 말이다. 마태오는 감히 자신이 그들의 마음에 온정을 불어넣을 수 있을지 자신이 없어졌다.

보아스는 그런 마태오를 한눈에 알아보고 등을 두드려주었다.

"여기까지 왔는데, <망향의 탑>은 한 번 보고 돌아가야죠. 먼저 가신 분들을 위해서 헌화도 한 송이하고요."

"<망향의 탑>이요?"

"네, 일종의 위령탑입니다. 정면에서 보면 마치 출발하려는 배 모양처럼 보이는 조형물이죠. 평생 고향으로 돌아갈 배만 기다리다 세상을 등진 우리 동포들을 위한 위령탑입니다."

보아스의 손에 이끌려 도착한 <망향의 탑> 앞에서 마태오의 고개는 절로 숙여졌다. 겉으로는 스테인레스 파이프 두 개를 이용해 만든 조형물에 불과했지만, 그 조형물은 분명히 허공에 배의 후미를 그려내고 있었다.

"덕분에 잊을 수 없는 경험을… 또 하나 하게 되었네요."

마태오는 이후로 입을 닫았다. 행사는 그날 밤까지 이어졌고, 어르신들은 애써 찾아와준 모두에게 고마움을 표현해 주셨지만, 마태오는 그 앞에서 웃어 보일 수가 없었다. 그저 다음에는 무엇이든 더 준비해서 와야겠다는 생각만이 들 뿐이었다.

마태오는 그런 혼란 속에서 어렵게 잠자리에 들어서야 마음속에 국화꽃 한 송이를 그려볼 수 있었다.

28

한차례 원고를 갈무리한 수림의 책상에는 천안호두과자 한 봉지와 비타민 음료 병뚜껑이 올라와 있었다. 지난 주말, 동료 작가의 북토크에 참석하고자 경기도 동탄까지 다녀온 흔적이었다. 고속도로에서 흘려보낸 시간에 비례하여 꼬리처럼 따라붙은 흔적이 수림과 함께 사무실에 들어와 책상 위까지 점령한 것이다.

누구나 월요일 아침 출근이 싫다지만, 덕분에 수림은 더욱더 글쓰기가 싫어졌다. 그렇지 않아도 수림은 주말과 월요일이 부담스러웠다. 어렵게 몰입하여 열정을 다하여 쓰다가도 주말이 오면 정신과 몸을 떼어내야 하는 게 어려웠다. 그렇다고 거기서 열정이 다하는 만큼 더 붙들려 있을 수도 없었다. 수림에게 주말은 필요악이었다. 주말마저 없었다면, 건강도, 가정도, 모두 어려워질 게 뻔했다. 때문에 수림은 월요일 아침이 늘 고비였다. 최대한 빨리 다시 몰입할 수 있게 매번 몸부림쳐야 했다.

마치 지구와는 전혀 다른 세계를 수십 년 누비다가 돌아온 늙은 여행자처럼.

수림은 전혀 정돈되지 않은 책상에서 그대로 컴퓨터를 켜고, 다 식어 딱딱해진 호두과자를 입에 물었다. 그리고 팥의 강렬한 단맛이 입안에서 사라질 때쯤, 지난주까지 썼었던 원고를 다 읽고 천안삼거리를 떠올렸다. 조선시대 때부터 경상도 사람과 전라도 사람이 만나 함께 서울에 이르게 되는 길목. 천안삼거리. 그래서 만남과 헤어짐이 공존하던 곳이었고, 늘 많은 인파가 북적이던 곳.

호두가 어떻게 천안의 특산물이 되었는가에 대해서는 여러 견해들이 있지만, 호두과자가 전국을 강타하게 된 배경은 매우 단순하다. 맛있기 때문이다. 맛있는데, 하필 그 맛있는 과자가 천안에서 팔던 것이라서 그렇다. 많은 사람들이 오고 가는 그곳에 기차역이 생긴 건 전혀 이상할 게 없다. 그리고 아직은 기차의 배차와 신호조정이 열악하던 그 시절, 기차들도 분기점이 되는 천안에서 정차하게 되는 경우가 잦았다. 기차 이용객들이 정차된 기차에서 호두과자에 빠져들게 되고, 그게 전국으로 입소문이 나게 된 건 순식간이었다.

수림은 의뢰인이 꿈꾸는 세상이 어쩌면 그런 세상일지도 모르겠다는 생각이 들었다. 지금까지 중앙정치를 움직인 정치적 이념 이전에 시민들이 모두 인정할 만한 공동의 목적의식으로의 합의에 이르는 길. 모두의 미래. 그래서 좌우 대립구도나 세대 갈등이나 남녀갈등, 노사갈등처럼 한쪽의 입장과 다른 쪽의 입장으로 나뉘는 걸 이용하여 정치적 입지를 다지지 않고 합의할 부분을 찾아 제시하는 것으로 시민들에게 안정을 제공하는 길. 소설 속 등장인물의 말처럼 매우 이상적이긴 했다. 그렇지만, 정말 의뢰인의 말처럼 낙심하지 않고 계속 두드리면서 정진(精進)하게 되면 적어도 그의 말처럼 스스로가 미래를 위한 훌륭한 도구가 될지도 모를 일이다.

비타민 음료의 병뚜껑만 남겨둔 채 다 먹은 호두과자 봉투를 치우고, 지난주의 흔적들도 모두 다 치웠다. 잠시 바닥을 닦고 몸을 일으킨 김에 창고도 정리하였다. 수림은 그렇게 청소가 다 끝난 뒤에 의뢰인에게 전화를 걸었다.

"이제 마지막 장(章)을 쓸 차례가 되었습니다. 네, 말씀하셨던 민간단체를 통한 활동까지는 일단 적었고요. 혹시 다른 활동들은 없습니까?"

"말씀드리지 않았던 것 중에는… 제가 살고 있는 지역에서 무료급식 봉사하거나, 생활안전협의회 통해서 자율방범 활동한다거나 한 건 그냥 적지 말도록 하죠. 뭐, 제가 살고 있는 지역 위해서 활동하는 건 당연한 건데, 그런 걸 다 적는 건 좀 부끄럽네요."

"네, 그럼 따로 더 추가하지는 않겠습니다. 그럼 혹시 그런 봉사활동 같은 거 말고, 음, 민간단체에 속해서 하신 활동 같은 거 말고 다른 에피소드 같은 것들은 없을까요?"

"어떤 걸 말씀하시는 건지 감이 잘 오지는 않네요."

"뭐든 좋습니다. 지금까지 무도인 정신, 사회적 인성 및 정의의 실현 쪽으로 이야기를 써왔으니까요. 혹시 간단한 거라도 좋으니까 불의를 참지 못해서 한 행동 같은 것들은 없으실까요?"

"글쎄요… 이런 걸 굳이 다 말해도 괜찮을까 싶긴 합니다만…"

수림은 급히 펜을 꺼내 이면지에 어지럽게 메모를 하기 시
작했다.

"괜찮은 이야기들인 것 같습니다. 그럼, 남은 챕터는 방금
해주신 이야기들 조금씩 넣고, 전체적으로 갈무리하는 방향
으로 하겠습니다."
"네, 마지막까지 잘 부탁드립니다."

통화를 마치고 휘갈겨 쓴 메모들을 돌아보았다. 수림이 워
낙 악필이었던 탓에 다시 한번 옮겨 적어야 겨우 알아볼 수준
이었다. 메모를 모두 정리한 후 그제야 방치해뒀던 비타민 음
료의 병뚜껑을 다시 집어 들었다.
병뚜껑의 안쪽 면에는 뚜렷하게 <한 병 더>라고 적혀 있
었다.

29

　귀국하자마자 마태오는 미리암을 찾았다. 현지에서 겪은 일련의 사건들을 미리암에게 들려주고 나서야 겨우 마음을 다독일 수 있었다.

　"요즘 너의 이야기를 듣고 있자면, 너의 할아버지가 부쩍 생각나는구나."
　"할아버지? 난 기억도 잘 나질 않는데?"
　"호호호, 네가 기억나지 않는다고 해서 할아버지를 닮지 않은 건 아니란다."

미리암은 앉은 상태에서 마태오의 손을 잡아끌었다. 미리암의 그런 모습은 마태오가 아주 어릴 적에 옛날이야기를 들려주기 위해 그를 품 안으로 끌어당길 때와 똑같았다.

"너도 잘 알다시피 우리들은 우리만의 논밭이 따로 없었던 집안이었어. 네 아버지와 할아버지가 땀을 흘려서 일한 모든 땅이 소작이었던 게지. 그렇게 하면서도 다른 집안들 못지않게 세를 늘려올 수 있었던 건 어디까지나 할아버지 덕이란다."

"아니, 그 넓은 땅 중에 우리 땅은 없었다고? 그걸 다 빌려서 쓴 거라는 말이야?"

"그래, 보통 사람들은 엄두를 내지 못할 규모를 하셨던 게지. 그게 다 근면성실(勤勉誠實)하셨으니까 가능했던 거란다."

"그렇다면, 난 할아버지와 거리가 먼 게 아닐까? 솔직히 그 정도 규모를 나보고 하라고 하면 난 도망갔을 거 같아. 하하하."

미리암은 마태오의 얼굴을 마주 보고 함께 웃었다. 미리암의 눈에는 여전히 마태오가 덩치만 커지고 나이만 먹었지 꼬

꼬마와 다를 바가 없었다.

"들어보렴. 그런 할아버지이시다보니 동네 사람들 모두가 인정해주셨던 거란다. 그래서 동네 <물지기>가 될 수 있으셨던 거야."

"물지기?"

마태오는 고개를 갸웃거렸다. 물지기라는 말이 당장 머릿속에 어떤 이미지로 그려지지가 않았다. 동네 사람들 모두가 인정해서 얻은 명예치곤 뭔가 달갑게 느껴지지는 않았다.

"그래, 못의 물을 지키셨던 분이야. 동네에서 네 할아버지만큼 덩치 좋고 키가 큰 남정네도 없었으니까. 완전 딱이었지. 날이 가물어지면 다들 네 할아버지 눈치를 볼 정도였어."

"응. 키가 크셨다고 하는 이야기는 자주 들었지. 내가 큰 것도 다 할아버지 덕이라고 들었고. 그런데 못의 물을 지키셨다고? 그럼, 물지기라는 말이 문지기 같은 거야?"

"그래, 그렇지. 그 시절만 해도 다들 농사지을 때니까. 논하고 밭에 물을 끌어다 쓰는 게 여간 중요한 게 아니었어. 그런데 누가 지키고 있지 않으면, 날이 가물어진다 싶으면 사람들이 새벽에 몰래 나오는 거야. 그러고는 못에 남은 물을 자기 논으로만 물길을 내서 대고 했다고."

"아, 그런데 그걸 우리 할아버지가 지키고 계셨다고? 새벽에?"

"새벽에만 계셨겠니? 소작하는 우리 논밭이 가물어서 다 갈라지더라도 어려울 때일수록 마을 사람들 모두 공평하게 나눠야 한다고 밤낮으로 지키고 계셨지."

"멋있었네, 우리 할아버지."

미리암은 시아버지의 멋진 모습이 새삼 기억났는지 아들의 등을 연신 쓸어내렸다.

"그래, 그렇게 멋지셨던 분이야. 이제는 그 못을 중심에 두고 유원지가 들어섰지만, 그때만 하더라도 물길을 다른 데서 퍼 올 수가 없어서 그 못이 우리들의 전부였지. 그걸 네 할아버지가 마을 사람들을 위해 기꺼이 지켜내시고 모두를 위해 공평하게 배분하셨단다. 요즘 네가 하는 일이라는 걸 가만히 듣고 있자면, 할아버지가 절로 생각나네."

미리암의 이야길 들은 마태오는 한동안 뿌듯한 마음에 젖어들 수 있었다. 기억에서는 이미 흐릿한 존재가 되었다지만, 여전히 그의 정신과 마음속에는 할아버지가 남긴 유산이 남아있는 듯한 기분이 들었다.

'그래, 적어도 그런 할아버지에게 부끄럽지 않은 손자가 되어야겠지. 항상 나뿐만이 아니라, 우리 모두를 생각할 수 있도록 더욱 노력하자.'

그때까지만 해도 마태오는 잘 알지 못했다. 자신이 할아버지의 단면만 들었다는 사실을. 못을 지키던 할아버지의 멋진 모습에 관해서는 들었지만, 모두와의 약속을 어기고 자기 논에만 물을 대려던 사람을 발견했을 때, 할아버지가 그를 어떻게 대했는지는 전혀 듣지 못했던 것이다.

마태오는 오래지 않아 마을 주민들을 욕보이고 자신의 이익만을 챙기려던 업자를 만나고 나서야 알게 되었다. 마태오 스스로 불의를 목격했을 때, 상대에게 얼마나 비정한 사람이 될 수 있는지를 말이다. 그걸 알고 나서야 젊은 시절의 할아버지를 다시 생각해보게 되었다.

이런 마음가짐 자체가 물려받은 것이라면, 아마 마태오의 할아버지도 매우 화끈한 분이셨을 거라고.

30

마태오가 자라 성인이 되고 가정을 꾸릴 때까지 세상도 쉬지 않고 변했다. 마태오의 키가 자라는 속도보다 고층의 건물들이 쭉쭉 솟아오르는 속도가 빨랐고, 마태오의 내면이 넓어지는 속도보다 도로가 정비되는 속도가 훨씬 빨랐다. 그러다 보니 마태오의 집도 여러 번 변했다. 마르코와 가족을 떼어놓았던 우물이 메워지나 싶더니 어느 순간 현대식 단층주택이 되었고, 다음 순간에는 다세대주택이 되었다. 그리고 그런 변화 속에서 마태오는 결혼을 하고 분가를 하게 되었다. 체육관으로 쓰던 터의 한 층을 살림살이로 채웠는데 그게 마태오의 새로운 시작이 되었다.

　이후에도 여러 곳에서는 건물이 솟아올랐고, 새로운 단지가 형성되기도 했지만, 마태오의 부모님이 계시는 본가(**本家**)에는 별다른 변화가 없었다. 재개발 소문이 돌기는 했지만, 어디까지나 소문이었고 이렇다 할 진척이 없었다. 마태오는 미리암과 사이먼에게 찾아갈 때마다 두 분의 나이만큼 세월을 견딘 집을 돌아보며 불편하실 만한 곳은 없는지를 찾아보았다.

　"이번에 또 재개발 될 거란 소문이 돌더구나."

　"또 그냥 그러길 바라는 사람들의 입에서 나온 뜬소문이 아닐까요?"

　"글쎄, 이번에는 좀 다른 것 같기도 해. 준비하기 위해서는 주민들한테 무슨 동의도 받아야 된다고 사람들을 불러 모을 거라고 하더라고."

　"그래요? 뭐, 정말 그래서 재개발 된다면 좋은 거죠. 이 집도 이젠 낡아서 알 수 없는 먼지가 계속 나오고, 수도관에도 문제가 생긴 건지 수압이 약해진 것 같으니까요. 재개발 된다면, 아들 집에 와서 좀 쉬시다가 깨끗한 새집으로 이사 가시면 되겠네요. 이사하는 김에 가전제품도 새로 좀 갈고. 그러면 또 두 분이서 살림 새로 맞추고 신혼생활 하는 기분도 들 테고."

"아이고, 늙은 영감, 할미가 신혼은 무슨. 호호호."

처음에는 재개발 소문이 들릴 때마다 부모님의 일상 변화를 위해 준비할 게 많겠다는 생각을 했었지만, 몇 차례 뜬소문을 듣고 난 이후부터는 마태오도 신경이 무디어졌는지 미리암에게 했던 농담과는 달리 아무런 감흥이 없었다. 재개발 같은 건 이제 정말 진행이 되면, 되는 것이겠지만 그전에는 그저 기다리는 것 외에는 어떤 준비도 할 생각이 없었다.

"진짜로 일이 진행되면 사람들도 찾아오고 서류도 내밀고 할 테니까. 그렇게 되면 저한테 꼭 말씀해주세요. 덜컥 서명부터 하지 마시고요."

마태오는 신신당부를 하고 집을 나섰다. 마태오가 어릴 적에만 해도 모든 걸 챙겨주시던 부모님이었지만, 이제는 세월이 흘러 거꾸로 마태오가 부모님을 보살펴드려야 했다. 그래서 재개발 같은 거야 어찌되든 당장 세월 속에 주름이 깊어진 부모님이 안쓰러울 뿐이었다. 그새 사이먼의 건강은 눈에 띄게 더 안 좋아졌고, 미리암도 이젠 행동이 많이 느려져 예전 같지는 않았다. 덕분에 마태오는 괜한 조급함을 느낄 때도 있었다. 아직 두 분을 위해 이렇다 할 효도를 제대로 하지는 못했다는 생각이 들 때가 종종 있었고, 확실히 그런 생각은 두 분의 몸이 하루가 다르게 불편해지는 걸 보고 인식할 때마다 더 깊어졌다.

차의 시동을 걸고 오래된 옛 동네를 벗어나면서 마태오는 못의 물지기를 하셨다던 할아버지를 떠올렸다. 덕분에 아버지 사이먼과 어머니 미리암은 가세가 불어나 마을을 벗어날 필요가 없어졌고, 선대부터 이어진 명망(名望) 덕에 이제는 동네에서 유지(有志)와도 같은 대접을 받을 수 있게 되었다. 그리고 마태오 본인도 원하던 운동을 원 없이 할 수 있었던 배경에는 분명 할아버지의 덕이 컸다. 마태오는 새삼 자신의 몸 안에 흐르고 있는 핏줄의 힘에 관해 생각해 보았다. 괜히 너털웃음이 삐져나왔다. 기억도 잘 나지 않는 분과 자신이 여러모로 닮았다는 그 말이 왠지 미덥지 못했다. 마르코가 집을 나가지 않고 있었다면, 그런 말을 형이 듣지 않았을까?

마태오는 그 길로 곧장 일터로 향했고, 그날 저녁이 되기도 전에 미리암과 나누었던 대화며, 할아버지나 마르코에 관한 생각들을 모두 잊어버렸다. 그만큼 이런저런 일들로 신경이 쓰였고, 여전히 신경을 쓰지 못했지만, 신경을 써야 할 잡다한 일들이 차례대로 마태오를 기다리고 있었던 탓이다.

마태오의 기억을 일깨운 건 그로부터 몇 주 뒤, 다시 찾은 본가에서 수척해진 미리암의 얼굴을 마주했을 때였다.

"무슨 일 있었어? 대체 얼굴이 왜 이래?"

"그게… 아무래도 재개발 추진하는 위원장이란 양반이… 몹쓸 사람인 모양이다. 나이도 먹을 만큼 먹은 양반이 언행이 꼭 깡패 같단 말이지."

"아니, 대체 그게 무슨 말이야? 자세히 이야길 해줘 봐."

마태오는 미리암에게 바짝 다가앉았다. 순식간에 입안이 바싹 말라버렸고, 눈은 충혈되어 당장이라도 튀어나올 것 같았다. 그의 본능이 예삿일이 아닌 뭔가가 터져버렸다는 걸 온몸으로 말하고 있었다.

"입에 담지도 못할 욕을 달고 사는 건 둘째라 치고. 한 번은 술이 취한 채로 왔어. 오밤중에 다짜고짜 여길 쳐들어와서는 패악질을 하다가 갔지 뭐냐."

"근데 그걸 왜 바로 말 안 했어? 제깟 놈이 뭐라고 어딜 기어들어와? 아니, 문은 왜 열어줬었어?"

"그게… 그런 사람인 줄 모르고 일을 맡았거든."

"일? 무슨 일?"

"아니, 재개발되려면 주민 동의를 얼마 이상 받아야 한다잖아. 그래서 나하고 네 아버지가 동네에서 오래 살았다는 걸 듣고 와서는 좀 도와달라고 하더라고. 그때만 해도 몰랐지. 그런 놈인지. 그런데 우리가 오래 살아온 만큼 영감, 할매가 되어서 동네 돌아다닐 힘이 넘치는 것도 아니고. 이제 낡은 집 두고 다른 곳에 살아서 사람이 오지 않는 집구석도 많은데, 자꾸 닦달인 게야. 게다가 이젠 대놓고 협박까지 하려 들고 말이야. 이게 또 우리한테만 그런 것도 아니야. 들어보니까 이 집, 저 집 다니면서 다 그랬다더만."

마태오는 어이가 없었다. 절차가 정상적으로 진행되어 꾸려진 조합의 조합장도 아니고, 이제 막 사업을 추진하려는 위원회의 위원장이란 사람이 폭언을 일삼는 것도 모자라 노인네들을 앞세워 동의를 구하고 들볶는다는 게 그의 상식으로는 도무지 이해가 되지 않을 말들이었다. 게다가 협박이라니. 그것도 피해 대상이 당장 자신의 부모라니. 마태오의 피가 들끓어 올랐다.

"미친놈은 몽둥이가 약이지."

"아이고. 그 양반도 나이가 육십 줄이라더라. 사달을 낼 생
각일랑은 말고 말로 하거라, 말로. 넌 운동도 한 몸이잖니?
그런 거로 그 양반이 괜한 생트집 잡을지도 모르고."

자신도 모르는 사이에 단단히 쥔 두 주먹을 미리암이 부러
질 것 같은 두 손으로 감싸 쥐자 마태오는 그제야 숨을 고르
게 되었다.

'그래, 맞아. 흥분한다고 해결될 일이 아니야. 더더구나 주
먹을 써서도 안 될 일이지. 정신 나간 노인네 하나 혼쭐내는
건 일도 아니지만, 그건 내 부모 욕보였다고 개인적인 한풀이
한 거에 지나지 않잖아. 일단 그 양반이 진짜 불량배인지 아
닌지나 알아보자. 정말 동네 사람들 모두에게 해가 될 사람
인지 아닌지, 그것부터 명확히 해야지. 확인하고 나서 부모님
욕보인 값을 받아내도 늦지 않아.'

마태오는 미리암을 바라보고 고개를 끄덕였다. 어느새 붉

어졌던 그의 얼굴빛이 수그러들어 있었다. 마태오는 곧바로 전화기를 꺼냈다. 사범에게 전화를 걸어 일이 해결될 때까지 체육관을 부탁했고, 부인에게는 자초지종을 설명하고 당장 오늘부터 일이 해결될 때까지 집에 돌아가지 않을 작정이니 속옷 등을 챙겨서 보내달라고 했다.

"그래, 일 바로잡는 데 주먹을 쓰면, 나도 깡패 밖에 안 될 그릇인 게지. 걱정하지 마세요. 버릇만 고쳐놓을 테니까. 일단 위원회 위원장이라면, 그래, 위원회 회의 같은 것도 해요? 그런 것도 안 하고 혼자서 난장만 치나?"

"마침 또 할 때가 되긴 했어."

그날 저녁 마태오는 오랜만에 고기를 구워 배를 든든하게 채웠다. 선수시절 때 먹던 만큼을 먹었으니 어마어마한 양이었다. 다행인지 아닌지, 그날 밤에는 문제의 노인네가 찾아오질 않았다. 다음날이 밝자 마태오는 집 밖으로 나와 주변을 어슬렁거렸다. 낯익은 얼굴의 노인 몇 명이 보였다. 마태오는 그들에게 허리 굽혀 인사하며 재개발에 관한 이야기를 슬쩍 흘려보았다.

"재개발되는 거야 좋다만, 사람을 잘못 뽑긴 했어."

"왜요?"

"아니, 하고 다니는 짓이 영…"

　노인들은 혀를 끌끌 찼다. 말을 아낀다고 아꼈지만, 그래
도 다들 불만이 차고 넘쳤던지 이런저런 정보들을 마구 흘렸
다. 토박이 내륙 사람이 아닌 바닷가 타향에서 온 사람이며,
대뜸 먼저 하겠다는 의지를 보였다는 것 등등. 노인들은 차
마 자신보다도 어린 불한당이 자신들을 욕보였다는 건 직접
말하지 못했지만, 마태오가 원하는 만큼의 이런저런 이야기
들은 충분히 들려주었다. 마태오는 이제 확신을 가지고 회
의가 열리길 기다렸다. 그리고 회의 당일이 되자 마태오는 헐
렁한 운동복을 걸치고 회의장으로 향했다.

　"씨팔, 이건 또 뭐꼬? 어이, 보소. 여 오늘 운영진들 회의하
는 자리오. 고마 나가이소. 엠병, 바빠 뒈지겠구먼. 얼릉!"

　듣던 대로 첫 대면부터 욕설이었다. 나이 들어 뼈가 앙상한
노인들에게는 어땠을지 모르겠지만, 마태오에겐 그런 욕설이
조금도 위협적이지 않았다. 평생을 운동만 하며 살아온 마태

오는 한눈에 그가 운동이나 주먹질과는 상당히 거리가 멀었던 인생이었던 걸 단박에 간파했다. 그저 타고난 덩치와 험악한 인상에 기대어 대충 한 평생을 건달도 아닌 반건달로 살아온 인생으로 보였다. 그래서인지 지나치게 짧게 자른 사각형의 백발과 노골적으로 드러낸 굵은 금목걸이, 브랜드가 박힌 일수 가방이 마태오의 눈에는 그저 초라하고 볼품없는 장식품 정도로만 보였다.

"씨팔, 뭐긴 뭐야. 대리인이지. 니나 고마 주깨고 거 앉아라."

마태오가 되받아 친 말이 도화선이 되었다. 입에 담지도 못할 육두문자가 거칠게 쏟아지더니 분을 못 이기겠다는 듯 주변의 기물들을 던지며 난리를 피웠다. 그나마 좀 젊은 사람들 몇몇이 달려들어서 위원장이라는 노인을 마태오로부터 멀리 떨어트려 놓았다.

"개새끼야! 니 어린놈이 뭐라 쳐 씨불였어?"
"어데 동네 똥강아지가 이리 짖노?"

마태오는 상대가 억센 사투리를 쓰면 똑같이 억센 사투리를 썼고, 욕을 날리면 딱 그만큼의 욕을 날렸다. 마태오는 조용히 위원장을 말리던 젊은 사람들의 얼굴을 살폈다. 낯익은 얼굴들이었다. 분명 마르코의 고등학교 친구들이었다. 형의 신변을 수소문하던 사이먼의 등 뒤에서 여러 차례 마주쳤던 얼굴들이 분명했다. 만일의 경우를 대비하여 마태오는 우선 그들이 위원장 편에 선 사람들인지 아닌지 확인이 필요했다. 마태오는 주먹을 새로 말아 쥐는 시늉을 하며 일부러 큰 폭으로 걸음을 앞으로 내딛었다. 예상대로 말리던 무리들이 이번에는 마태오에게로 몰려와 벽을 쌓았다.

"형님들, 제가 마르코 동생인 건 다들 아시죠? 그리고 저 양반이 우리 동네 어른들한테 어떻게 하고 다니는지도 다 들으셨죠? 그런데 지금 저를 말리시는 겁니까?"
"마태오! 그래도 일을 여기서 이렇게 해결하려고 들면 안 되는 거잖아. 우선은 진정하자."

그때, 누군가가 재빠르게 마태오의 귓가에 말을 흘렸다. 마태오는 조금 더 실랑이를 하는 척하다 말고 못 이기는 척 몸에서 힘을 뺐다.

"마, 오늘은 여기까지만 하자."

마태오는 노발대발하는 상대를 두고 뒤도 돌아보질 않고 자리를 떠났다. 그리고 그날 저녁, 마태오는 직접 사람들을 찾아내어 한자리로 불러 모았다. 낮에 마주쳤던 마르코의 친구들이었다. 다행히 모두가 자리에 나와 주었다.

"보니까 깡패 흉내나 내는 건달도 아니고, 반건달 축에도 겨우 들 그런 양반인 것 같은데, 그런 사람을 위원장 자리에 앉혀두고 지켜보는 게 말이 됩니까? 형님들, 우리가 살아온 동네를 재개발해 보자는 자리에 출처도 모를 굴러온 돌멩이를 앉혀도 되냐는 말입니다."

자리에 사람들이 모이자마자 마태오는 직설적으로 말을 꺼내며 분위기를 주도했다.

"우리도 최근에야 알았다. 그런데 불만이 있다고 해도 나라에 법이 없는 것도 아니고, 힘으로 끌어내리기는 그렇잖아. 절차대로 한다고 해도 시간이 걸리고. 무엇보다 다들 각자 집에 노인들이 되레 해코지 당할까 싶어서 조심스러운 거지."

"맞아, 솔직히 처음에는 다들 관심도 없었어. 재개발되면 좋기는 한데, 위원장도 감투라면 감투라고. 그게 마냥 좋은 게 아니잖아. 신경 쓸 일도 많고. 해결해야 할 숙제도 많고. 그걸 우리처럼 생업이 따로 있는 사람들은 솔직히 나서서 맡아서 하기가 어렵잖아. 각자 집에 어른들도 그걸 직접 하시기에는 연세도 많으신데, 무슨 규정집, 무슨 계약서 이런 거 글자만 읽으려고 해도 어지럽고. 근데 누가 마침 제가 해보겠습니다하고 먼저 나서는데 반대할 이유가 있었겠나?"

다들 못마땅하기는 마찬가지였다.

"알고 보니 여기 토박이도 아니고 아랫동네 바닷가에서 온 양반이라는데, 그럼 기본적인 자격요건이 되는 건 맞습니까?"
"어째 알았는지 이미 여기에 집은 몇 년 전에 사뒀다고 하더라고."

마태오는 잠시 말을 끊고 주변을 둘러보았다.

"그럼, 형님들이 생각하기에는 저 양반이 우리들 이익을 위해 필요한 사람입니까? 공공의 필요로 앞으로도 저 자리에 있어도 괜찮다고 보시는 겁니까?"

"아니지. 대신 일해주면 좋기는 해도 동네 노인들 욕보이는 놈을 계속 자리에 둘 수는 없지. 개돼지 짐승들도 자기 어미 물어뜯는 건 안 지켜보잖아, 같이 물어뜯지."

"그래, 보니까 오늘도 첫마디부터 욕이던데? 우리가 눈에 보여도 그러는 사람인데, 만만한 노인네들 앞에서는 어땠겠어?"

마태오는 며칠 전에 만났던 노인들이 분을 삼키며 혀를 끌끌 차던 모습을 말하려다 말고 입을 다물었다. 이미 모두의 뜻을 알게 되었는데, 거기에 굳이 감정을 더 끌어올 필요는 없었다. 그러다 사람들이 감정에 먹혀 일을 그르쳐도 큰일이었다.

"그럼, 여기 계신 분들도 제 뜻과 다를 바가 없겠네요. 절차대로 하자면, 또 주민총회 가지고 과반수 넘나 보고 그렇게 해야겠죠. 그런데 듣자하니 저 양반이 저렇게 입에 거품을 무는 것도 지금 주민 동의가 원하는 수치만큼 제대로 구해지지 않고 있어서 그렇다는 건데, 주민총회를 개최하자고 하면 이게 또 정상적으로 진행이 되긴 할까요?"

마태오의 가장 큰 걱정이었다. 사람들은 처음 호재에는 쉽게 움직여줘도 중간 과정이나 수정 문제에는 둔감하다. 불편에 대한 거부감이나 딱히 악의를 가져서 그러는 게 아니다. 사람들은 누구나 다 복잡한 문제보단 간결하고 간편한 걸 먼저 추구하기 때문이다.

"그래도 그렇게 하는 게 맞지 않겠나? 그래야 결정에 따르겠지. 지금도 저렇게 성질을 있는 그대로 뻗치는 양반인데, 다른 수를 쓰면 호락호락하게 당하겠나? 그냥 처음부터 원칙적으로 해야 차단이 가능하지."

"그럼, 그렇게 하도록 하죠. 그런데 분명 우리가 움직이면 낌새를 채고 기싸움을 하려고 들 테고. 반항이 이만저만이 아닐 겁니다. 형님들은 어른들 만나서 번거롭더라도 사람 새로 선출하자고 해주세요. 저는 결정이 날 때까지 저 양반 진을 빼두고 있겠습니다."

"마태오, 무슨 방법이라도 있나?"

"딱히 방법이랄 게 있겠습니까? 단순하게 오늘처럼 해주는 거죠. 눈에는 눈. 이에는 이."

마태오는 뱉은 말을 정확히 지켰다. 모두가 보는 앞에서 그의 입에서 욕이 나오면 똑같이 욕을 돌려주었고, 상대가 먼저 주먹을 쥐고 달려들면 어린 시절 익혔던 유술로 가볍게 제압하거나 엉덩이를 가볍게 밀어 찼다.

"위원장의 품행이 바르지 않고, 공공의 이익을 위해 재개발을 추진하기보다는 개인의 투기를 현실화하고자 오히려 주민을 압박하는 경향이 보입니다. 그래서 재투표를 하자고 말했을 뿐인데, 그게 제게 욕을 하고 멱살을 잡을 일입니까?"

"이 개새끼가 날 쳤어?"

"친 게 아니고, 그대로 넘어지시면 곧바로 땅바닥에 코가 박히실 거 같아서 더 앞으로 밀어드린 겁니다. 봐요, 그래서 다행히 사람들에게 안겼잖아요."

마태오는 상대의 기를 제대로 꺾어버리기 위해 그가 더욱더 날뛰기를 바라며, 최대한 많은 사람들이 보는 앞에서 그를 다루려고 했다.

"주민총회 다시 개최하자고 써 붙인 벽보. 또 뜯으셨더군요. 아니, 떳떳하시면 그냥 총회하면 되잖아요. 왜 그러십니까? 떳떳하시면 부결되겠죠. 그럼, 총회라서 사람들 많이 모이면 동의서도 빨리 받을 수 있고. 더 좋지 않습니까?"

"이 개새끼야! 그걸 왜 니가 나서서 지랄이냐고!"

"아니, 지랄도 욕이니깐 하지 말라고. 이 개새끼야."

마태오는 단 한 마디도 지지 않았다. 끝까지 상대를 몰아세우며 자극했고, 그가 부디 지쳐서 떨어져나가길 기다렸다.

"씨팔! 이딴 동네 내가 더러워서 안 산다!"

결국 마태오는 승리를 거머쥐게 되었다. 주민투표가 다시 진행되기 며칠 전에 늙은 반건달은 짐을 싸서 자신의 고향으로 떠나버렸다. 혼자서 쥐락펴락하던 동네가 어느 순간 자신의 뜻대로 되지 않게 되니 그도 별다른 수가 없었다.

미리암은 그가 떠났다는 말에 그제야 안도의 한숨을 내쉬었다.

"이제야 맘 편히 두 발을 뻗고 잠들 수 있겠구나. 네가 고생이 많았다."

"아니요. 지켜보니 마을 어르신들 모두 다 한 번씩은 욕을 보이셨던 거 같더라고요. 참 다행인 거죠. 그래서 눈앞에서 치

워버려서 좋기는 좋은데, 그래도 좀 아쉽네요. 자기 말로는 더러워서 이 동네 못 살겠다고 짐 싸서 내려갔다지만, 등기가 남아 있으면 결국 그 양반은 먼발치에서 구경하다가 돈 몇 푼은 손에 쥘 수 있을 테니까요."

"그런 건 조금도 아쉬워 말아라. 이미 그 사람은 앉아서 돈이 생겨도 자기 욕심대로 챙긴 게 아니라서 벌어도 번 게 아니라 생각할 게야. 그게 이미 마음이 아수라장이란 소리고. 그런 삶이 산송장의 삶과 무엇이 크게 다르겠냐?"

마태오는 그 말에 흡족하게 고개를 끄덕였다.

31

"그럼, 아이스하키도 직접 하셨던 겁니까?"

"네, 단순 취미로 잠시 했습니다. 마침 제자가 대구빙상연맹 통해서 선수생활을 하면서 찾아오는 아이들에게 코칭을 해줬었어요. 그래서 먼저 제게 알려주더라고요. 제가 운동 이것저것 다 하면서 즐겨보고 하니까 아마추어 성인팀이 있으니까 한번 해보는 게 어떻겠냐고. 그래서 시작하게 된 거죠. 처음에는 어릴 적에 롤러스케이트도 곧잘 타고 했으니까 뭐, 비슷하겠지 하는 생각으로 솔직히 했는데, 하하하. 다르긴 다르더라고요. 얼음 위에서 하는 거니까 확실히 속도감도 다르고. 하키는 또 큰 스틱을 들고 하니까 몸에 부담도 되고. 또 상대방하고 몸싸움도 곧잘 하게 되잖아요. 그래서 그게 어려우면서도 그 어려움이 재미로 느껴지더라고요."

"제대로 즐기셨네요."

"네, 그렇게 재미나게 즐기고 있었는데, 하루는 제자가 신문을 들고 찾아와서 저한테 하소연을 하더라는 거죠."

수림은 그쯤에서 호흡을 고르고 메모에 각별히 더 신경을 썼다. 대구빙상연맹 비리사건은 여러 다른 사건 사고들과 함께 이후 2014년, 대한빙상경기연맹이 본격적인 감사를 받게 되는 계기가 되어준 사건이었다.

"작가님도 대구실내빙상장이 옛날 구 야구장 안에 있었던 건 아시죠?"

"네, 그건 저도 알고 있죠."

"그걸 당시에는 대구시빙상경기연맹과 아이스하키협회가 공동으로 관리하고 있었어요. 이게 단순하면서도 단순하지 않은 문제였던 게 두 단체가 사실상 독점 아닌 독점을 하고 있었어요. 관리, 운영 사무에 따른 위·수탁 협약을 늘 두 단체가 갱신했거든요. 그 세월이 그 문제 터지기까지 대략 이십여 년 정도가 되었던 걸로 기억하고 있습니다."

"그럼, 지난 세월 동안 두 단체가 한결같이 비리의 온상이었다는 겁니까?"

"아니요. 그래서 단순하지만, 단순하지는 않다는 겁니다. 정확하게는 <알 수가 없다>가 맞겠죠. 그 긴 시간 동안 협약이 갱신되어 왔다는 건 어느 시점에서 문제가 두드러지기 전까지는 그래도 믿고 일을 맡길 수 있었을 만큼 괜찮지 않았겠나 하는 게 제 생각입니다. 협약의 갱신 주체였던 대구시체육시설관리사무소 측에서 일을 아무리 관성대로 처리했다고 하더라도 최초에 그런 판단을 내렸을 시점에는 더 나은 선택권이 없었겠죠. 그리고 그 다음에도 큰 문제가 없었으니 갱신을 했을 테고요. 문제는 그렇게 되어오다가 어느 시점부터 제대로 곪아버린 건지는 이해당사자들 말고는 아무도 모를 거라는 겁니다."

"정리하자면, 우리가 언론을 통해서 알게 된 사건. 재판을 통해 시시비비가 가려졌다고는 해도 그 사건의 뿌리까지는 우리가 제대로 알 수가 없다고 본다는 게 대표님의 생각 같은데, 맞습니까?"

"네, 그렇습니다."

"그렇게 생각하시게 된 배경이나 이유가 따로 있을까요?"

냉철하고 객관적인 태도로 질문하는 수림의 모습에 박경철은 짧고, 깊은, 한숨을 내뱉어 보였다.

　"비리로 인해 피해를 입더라도 당사자들이 직접 말하기 어렵거든요. 앙갚음 당할까, 밉보이기만 하고 그 바닥에서 끝장나버리는 게 아닐까, 무서웠을 테니까요."
　"아무래도 중심은 문제의 두 단체, 대구시빙상경기연맹과 아이스하키협회였고. 말씀하신 제자분처럼 피해를 직접 입은 당사자들은 소속 선수이거나 빙상시설 이용을 통해서 생계를 꾸려나가는 이들이 태반이라서 그렇게 추정된다는 정도로 요약이 되겠네요."
　"하하, 매끄럽게 바로바로 정리를 해주시네요. 맞습니다. 그들 중 끝까지 참았던 이들이 있을 테고, 참다가 먼저 떨어져 나간 이들도 있겠죠. 그들의 목소리를 솔직히 우리가 다 들어본 건 아니니까요. 수사를 통해 재판이 이루어지고 관련자들에게 처벌이 내려졌다지만, 그게 제대로 이행되었다면 그날 제자가 제게 신문을 들고 찾아오지도 않았겠죠."

　수림은 무겁게 고개를 끄덕였다. 수림 역시도 이해가 어려운 부분이었다. 감사를 통해 중징계 대상자가 밝혀졌음에도

대구시체육시설관리사무소는 다시 두 단체에게 빙상장 운영
을 위탁했었다. 비리를 통해 당장 밝혀졌던 금액만 9천6백만
원. 금액을 횡령, 착복한 방법도 다채로웠다. 동계체전 대구
시 대표선수의 경우에는 연간 100~150시간에 걸쳐 빙상장을
무료로 사용할 수 있었지만, 단체는 이를 속이고 선수들에게
도 일괄적으로 시설이용요금을 받아냈고, 거두어들인 돈은
개인의 차명계좌로 송금되었다. 그렇게 밝혀진 금액만 2천 2
백만 원 가량이었다. 그 외에도 업무추진비라는 명목으로 기
프트카드를 대량으로 구매했고, 그게 개인 로비 용도로 명절
을 전후해 나눠진 것도 밝혀졌다. 그 금액만 또 2천6백만 원
가량이 되었다.

"뭐, 백번 이해를 해서 횡령이 욕심에 의한 것이라 치죠. 그
리고 관련자가 중징계를 받았다고 하죠. 가장 큰 문제는 그
럼에도 불구하고, 그 중징계 대상자가 다시 그럴싸하게 명함
만 바꿔서는 그 자리에 그대로 앉아있더라는 거죠. 대구시체
육시설관리사무소는 또 그런 위인들과 갱신 계약을 했던 거
고요."

"어지간한 강심장이 아니면 이러기도 쉽지 않을 텐데요?"

"우리가 속된 말로 아삼육이 맞았다고 하죠. 일반인들이야

이런 문제가 있더라도 관심사가 아니면 알 수 없는 게 현실이고. 이해당사자들은 이런 환경에서 생계가 걸린 상황인데, 어디 쉽게 발설할 수가 있었겠습니까? 당시 영남일보에 기사가 제대로 나온 게 있었을 테니 작가 선생님도 한 번 천천히 정독을 해보세요. 읽어보시면, 대구시가 감사를 안했던 게 아닙니다. 했습니다. 그래서 징계도 있었어요. 그런데 각 단체들은 그런 인물들을 다시 자리에 앉히는 겁니다. 그리고 징계기간이 끝났다는 이유로 대구시체육시설관리사무소는 또 재계약을 했고요."

수림도 체질적으로 이런 이야기는 달갑지가 않았다. 횡령이나 비리 같은 문제. 권력자가 권력으로 짓누르는 행위 일체에 수림은 피가 급격히 굳어버릴 정도로 심적 장벽이 큰 편이다.

"검찰 조사까지 진행된 건이니 결코 작은 문제가 아니었을 텐데… 각 기관에서 대표직 역임하는 사람들을 다시 앉혔다는 건 정말 누가 봐도 비상식적일 수밖에 없네요."

"그들 내부에서는 물러나라고 요구하는 사람들도 없었고, 그렇다 보니 누가 또 나서지도 못 했던 거죠. 잘못된 게 잘못된 채로 굴러갈 수밖에 없는 상태였죠. 그래서 제가 못 견딘 겁니다. 잘못된 걸 어떻게 잘못된 채로 굴러가게 내버려 둡니까? 그런데 막막하긴 하더군요. 재판도 있었고, 언론에서도 저렇게 떠드는데, 바뀌는 게 없다는 게 어떤 건지 아십니까? 저들이 중징계를 받아도 목에 힘을 뻣뻣하게 줄 수 있었던 건 믿는 구석이 있어서였다는 거죠. 제가 한발 물러나서 가만히 지켜보니까 이게 자기 식구 감싸기가 될 수밖에 없더라고요."

"어째서죠?"

"지금은 바뀌었습니다만, 당시만 하더라도 대구체육회 회장은 대구시장이었습니다. 지금은 대구광역시 체육회와 생활체육회가 합쳐졌지만, 그때만 해도 그랬다는 거죠. 그런데 이게 상징하는 바가 큽니다. 대구시장이 회장이고 그 밑으로 각 운동 단체의 단체장들이 다 운영진입니다. 그러니 일차적으로 견제 기구 역할을 해주면 좋았을 대구체육회부터 기대하기 어려웠던 거죠. 예를 들어, 태권도협회장이나 가라데협회장이 사무처장이나 운영감사장이었다고 해봅시다."

"아, 바로 이해가 되네요. 시장이 나서서 태권도나 가라데 보고 응원해줄 테니 빙상을 패대기치라고 부추기는 것 밖에 안 되겠군요."

"네, 그렇게 극단적으로 단체들 간의 분열을 야기했을 수도 있고. 아니더라도 대구시 공공기관의 장이 민간 체육회 단체 하나를 특정지어 압박하는 것으로 얼마든지 보일 수가 있었다는 거죠. 그렇게 되면 결과적으로 단체장 개인의 문제인데, 그 종목의 뿌리까지 대구시가 앞장서서 솎아낸 것으로 보일 수도 있다는 겁니다. 그렇다고 당시 시에서 손을 완전히 놓고 있었던 것도 아니고요. 직접 감사를 하지 않았던 것도 아니고, 징계가 없었던 것도 아니었으니까. 애매해진 겁니다. 시에서도 자리에서 내려왔어야 할 사람이 다시 되돌아오는 걸 보고서는 당황했을 수도 있어요."

"충분히 가능성이 있군요. 특정 단체가 문제가 있다 하더라도 단체가 내규도 있는데, 그 과정까지 뭐라고 더 압박을 가하기도 어려웠을 것이다 정도로 이해를 해봅니다."

"지금은 대구체육회와 대구생활체육회가 합쳐지고 민선체육회장이 취임되었으니 이런 문제로부터 많이 자유로워졌으리라 기대를 해봅니다."

수림은 여기까지 부지런히 메모를 하다 말고 손을 멈추었다.

"그럼, 해결의 수단은 어디서 찾으신 겁니까?"

"박근혜 대통령 임기 중이었습니다. 제가 여러모로 두드려 본다고 두드렸지만, 솔직히 저도 개인이었으니 쉽게 길을 못

찾았죠. 그러다가 생각이 하나 떠오르더군요. 제가 대구시 선거관리 공정위원회 위원이었던 게 기억났습니다. 박근혜 대통령이 후보였을 당시 받았던 위촉장이었죠. 그래서 국민신문고를 통해 위촉장을 꺼내 보이면서 소란을 피웠습니다. 대구빙상비리 문제를 그대로 방치해 둔다면, 계속 나의 목소리를 외면한다면, 위촉장 같은 건 당선인이 후보시절에 표 받기 위해서 사람을 꼬드기고자 뿌린 한낱 찌라시에 불과하다고요. 그러면서 대한체육회를 통한 기구의 정상화를 말했습니다. 이건 대구빙상연맹을 해체해서라도 반드시 뿌리를 뽑아야할 일이라고 했죠.”

“제법 과감하게 지르신 거네요.”

“네, 그땐 제가 생각해도 일단 앞뒤가 없었던 것 같습니다.”

수림은 펜을 내려놓았다. 객관적으로 봤을 때, 의뢰인 박경철은 분명 옳은 목소리를 냈었다. 문제는 정말 그때, 그의 선택이 전체 결과를 가져왔다고 볼 수 있는가 하는 것이었다. 이미 대구빙상연맹이 아니라, 대한빙상경기연맹부터 문제라는 인식이 자리를 잡던 차였다. 분명 2014년 2월에 박근혜 전 대통령이 직접 빙상연맹을 비판하고 곧이어 같은 달에 전면 감사를 진행하겠다는 의지를 보였다는 점에서 대구빙상연맹 비리 사건은 그 계기가 된 사건임에 틀림이 없었지만, 그 사이에 의뢰인의 활약이 얼마나 지대하였는가는 수림이 감히 쉽게 단정 지어 말할 수는 없는 부분이었다.

"솔직히 국회가 나서서 대한빙상경기연맹을 감사하겠다고 한 것은 안현수 선수의 러시아 귀화가 기폭제였던 것으로 보입니다. 물론, 불과 몇 개월 전에 불거진 대구빙상연맹 비리 사건도 계기 중 일부인 것은 부정하지 못할 테고요. 그렇지만, 정말 박경철이란 한 개인의 노력으로 이 사건이 표면적으로 해결이 되었다고는 보기 어려운 부분이 있다는 게… 유감스럽지만, 솔직한 제 생각입니다."

"이런, 이런… 우리 작가님께서 괜한 걱정을 하셨군요. 전 제가 그 문제를 해결했다고 말하고 싶은 게 아닙니다. 저는 그런 문제 앞에서 떳떳하게 행동했다는 것을 말하고 싶을 뿐입니다. 당시에는 저도 한 명의 시민에 지나지 않았습니다. 게다가 이해당사자도 아니었죠. 그런 제가 여기저기 들쑤시고 다녔던 시간들은 전부 다 계란으로 바위치기였을지 모릅니다. 최후의 선택으로 국민신문고 통해서 두드렸던 것도 제 행위에 제가 당당하기 때문에 말하는 것일 뿐입니다. 그게 결정적인 해결책으로 이어졌다면 물론 더 좋았겠지만, 그게 아니어도 괜찮았다는 겁니다. 전 제가 옳다고 생각한 방향대로 행동했고, 결과적으로 현재 대구빙상장의 관리는 대구시설공단으로 책임이 이관되었습니다. 제가 사건의 중심인물은 아니었을지 몰라도 제가 냈던 목소리는 늘 한결같았습니다. 그러니까 제 목소리가 사건의 주변에서 변죽만 울렸을지는 몰라도 마지막까지 끊이지 않고 났었다는 건 사실인 겁니다."

"훌륭하십니다. 저도 사실 그것만으로도 충분하다고 생각하고 있습니다."

수림은 메모지와 펜을 치우고 손을 앞으로 내밀었다. 당장 그가 바로 보일 수 있는 존중의 자세였다.

5

동방의 별, 그 신념대로

32

사람들은 '인연이 질기다', '질긴 인연이다' 같은 표현을 곧잘 쓴다. 예전에는 수림도 그런 표현을 자주 쓰곤 했다. 아내를 위해 뜨개질을 알아보기 전까지는 말이다.

"대표님은 뜨개질에 관심 없으시죠?"

"네? 뜨개질이요? 하하, 네. 그런 쪽으로는 전혀 취미가 없습니다. 작가님은 그런 쪽으로도 취미가 있으신가 보죠?"

"주변 지인 중에 뜨개질로 가방을 만드는 분이 계셔서요. 저도 시간만 되면 아내를 위해 하나 만들어주고 싶다는 생각에 좀 알아본 적이 있습니다. 뭐, 하여튼 그게 중요한 건 아니고. 뜨개질을 하다 보면 실타래에서 실이 계속 나올 것 같지만 금방 동나게 되거든요. 그럼, 다시 실타래를 새로 꺼내서 작업을 해야 합니다. 그럼, 작업이 어떻게 될까요? 아무래도 아무 것도 모르는 초보는 당황할 수밖에 없어요. 원치 않게 중간에 끊어진 표시가 나버릴 수가 있거든요. 그리고 이런 경우는 꼭 실타래에서 실이 동났을 때만 일어나는 것도 아닙니다. 실이 끊어지는 경우도 종종 있죠."

"뭐, 그렇다면 어떻게든 실과 실을 잇는 방법이 있다는 거군요. 그런데 갑자기 뜨개질은 왜 말씀하시는 겁니까?"

수림은 괜히 빙그레 웃어 보이며 박경철에게 새로 우려낸 따뜻한 차를 내주었다.

"대표님과 형님을 떠올리면 실이 생각나서요. 사람들은 보통 그럴 때 핏줄이 그렇게 강하다거나 질긴 인연이라거나 뭐, 그런 표현들을 곧잘 쓰거든요. 그런데 저도 나이 먹어가면서 세상 돌아보니까 인연은 잘라낸다고 쉽게 잘라지는 것도 아니고, 이어붙이고 싶다고 해서 쉽게 이어지지도 않더라는 거죠. 둘 중 한쪽은 어떻게든 상대에 대한 감정을 안고 사는 경우도 많고요. 그래서 그런 모습들을 보고 있자면, 처음부터 인연의 실이라는 건 끊어진 것처럼 보일지는 몰라도 그건 겉보기만 그럴 뿐 끊어진 적이 없을지도 모르겠단 생각이 듭니다."

"하하, 그렇다면 뜨개질에 쓰이는 실들은 다 이어진 실들이란 겁니까?"

"뭐, 비슷합니다. 제 관점에서는 그렇습니다. 모든 실들이 원래 이어진 실인데, 우리가 편의대로 잘라서 쓰고 있는 거라고 보는 거죠. 아무리 가는 실이라도 현미경으로 자세히 들여다보면, 여러 갈래가 묶여서 하나의 실이 된 거란 걸 알 수 있죠. 그래서 실과 실을 별도의 도드라진 매듭 없이 연결시키려면 이어 붙이려는 양쪽의 그 갈래를 풀어버리면 그만이라는 겁니다. 여러 갈래로 나눠진 실의 끄트머리를 서로 맞대고 굴려주기만 해도 실은 감쪽같이 기다란 하나의 실이 되거든요."

알쏭달쏭한 표정의 의뢰인을 두고 수림이 먼저 찻잔을 들었다.

"그러니까 두 분의 인연은 꼬인 적도 없고, 끊어진 적도 없다는 게 제 생각입니다. 그냥 처음부터 줄곧 지금까지 각자의 자리에 있으면서 이어져 있었던 거죠. 실은 한쪽이 있으면, 그 반대쪽이 있어야만 하는 존재입니다. 그래서 두 객체. 즉, 형제는 서로가 다른 게 아닐까 합니다. 다른 각자의 존재라서 영향을 주고받기는 해도 하나가 다른 하나를 완전히 허물지도 못하고, 전혀 새로운 존재로 만들어내지도 못한다고 보는 거죠. 실제로 또 연락은 오지 않았습니까?"

"네, 왔었죠. 뭐, 이번에도 직접 연락해 온 것은 아닙니다. 기연(奇緣)이 있었죠."

"그 기연에 대해서 좀 자세히 이야기 해주시겠습니까?"

수림은 익숙한 자세로 메모지와 펜을 꺼내들었다. 박경철은 숨을 한 번 크게 들이마시고 내쉰 다음 말을 꺼냈다.

"김태영이라고 무형문화재 제57호였던가? 경기민요가 말입니다. 네, 그 김태영이라는 분이 경기민요를 부릅니다. <한(恨)>이라고 정규앨범도 국내에서 발표했었죠. 전 솔직히 그 당시만 해도 큰 관심은 없었던 터라 잘 몰랐습니다만, 아리랑이 유네스코 인류 무형문화유산으로 등재되었다고 하고. 그게 2012년인 걸로 압니다. 그래서 그 시기쯤부터 아리랑 홍보대사로 공연도 많이 했다고 들었습니다. 저보다 나이는 어려서 서로 대할 때는 형, 동생처럼 살갑게 하려고 했죠."

"그런 분과 어떻게 연락이 닿게 되신 겁니까?"

"이번에도 인터넷이었습니다. SNS 통해서 먼저 친구제안이 들어오더라고요. 보니까 일본 출신이라고 하고. 그때만 해도 뭐, 앨범을 냈다거나 아리랑을 부른다거나 이런 이야기를 처음부터 제게 했던 게 아니니까요. 그래서 인사하고 서로 이야기 나누고 하다가 연락처도 주고받고. 그랬더니 한국 들어올 때마다 한 번씩 보게 되고. 뭐, 그랬습니다."

"아, 그분은 한국과 일본을 수시로 드나드셨던 겁니까?"

"정확히는 아버지가 일본인이시고, 어머니가 한국분이십니다. 그런데 어머님께서 또 저랑 같은 상주 박씨라고 하시더라고요. 그리고 저와 태영이의 인연은 사실 이 어머님 때문에 이어졌습니다"

박경철은 다시 또 길게 숨을 내쉬었다. 수림은 눈치를 살폈다. 어떤 사연들이 있어서 또 말을 머뭇거리는 것일까?

"그 어머님이 형과 어떤 인연이 또 있으셨던가 봐요. 일본에서 생활하다가 어떻게 형과 알게 되었다는 거죠. 그 내막은 저도 잘 모릅니다. 그저 추정만 할 뿐이죠. 그 과정은 잘 모르지만, 형이 어떤 신분인지는 어머님께서 태영이를 통해서 잘 알려주셨습니다. 일종의 종교인, 승려 신분이고. 여러 사람, 각계각층에서 활동하는 분들의 영적 지도자 정도가 된다고 하더군요. 그러니 뭐, 그 어머님도 그런 형을 통해서 자주 조언을 얻었거나, 도움을 받으셨던 분 중 하나이지 않겠나 하고 생각합니다."

"그럼, 그 어머님이란 분이 자기 자식을 통해서 말을 걸어온 격이군요."

"네, 맞습니다. 형과 저의 사이를 알고 일부러 수소문을 해보셨던 거 같아요."

수림은 순간 머릿속에서 질문이 떠올랐지만, 입으로 튀어나오기 전에 브레이크를 걸었다. 한 번 더 생각해보니 그건 수림보다는 의뢰인이 훨씬 더 궁금하게 여길 내용이었다. 수림은 형이 그 어머님이란 분을 통해 연락을 먼저 취했는지, 아니면 순전히 그 어머님이란 사람의 자의(自意)였는지가 몹시 궁금해졌다.

차를 한 잔 들이킨 박경철이 말을 이어나갔다.

"그 어머님이 한국에 자신의 뿌리가 있다는 생각이 굉장히 강한 분이십니다. 태영이가 일본식 이름을 안 쓰는 것부터가 그렇고. 태영이 보고 아침에 눈뜨자마자 네 뿌리를 잊지 말고 한국 땅 쪽으로 절을 하라고 할 정도였으니까요. 그래서 국적이 일본이지만 한국까지 넘어와서 유학으로 소리를 배워서 국악으로 장래를 정할 정도였던 거죠. 그리고 어머님이 한식 사업에 그렇게 열을 올리십니다. 일본에 한국을 알리기 위해서 자신이 할 수 있는 가장 빠른 게 음식이라고 생각하셨던 거죠. 게다가 거기에 쓰이는 장을 한국에서 직접 담으세요. 상주에 가면 태영이 소리관도 지어뒀는데, 거기에 장독대가 수북합니다. 무슨 공장도 아니고. 하하하. 그래서 역으로 다시 장을 일본으로 가져가서 음식에 쓰고 하시나 봐요. 그 정도로 스스로 대한민국의 딸이다. 뿌리는 한국이다. 이런 생각이 강한 분이십니다."

"대단한 분이시군요."

"그런 분이 자기 아들을 통해서 저를 찾으셨으니 그 열기도 대단한 거죠. 한동안은 태영이가 저를 미워할 정도였어요."

"미워했다고요?"

박경철은 본인이 생각하기에도 좀 어이가 없었는지 너털웃음을 지었다.

"태영이가 평생 사랑받는 외동으로 자랐는데, 어느 날 갑자기 자신의 어머니가 듣도 보도 못한 형을 한 명 데리고 온 격이죠. 게다가 자기한테 뭔가를 해줄 때보다 저한테 더 신경을 쓰는 모습을 보니까 갑자기 서러워진 거죠."

"하하, 마치 애들이 잘 크다가 동생 생기면 시기하고 질투하듯이? 뭐, 딱 그런 감정이었겠네요."

"네, 딱 그런 느낌이었습니다. 저희 집에 보시면 작은 유니콘 상이 하나 있습니다. 제가 유니콘을 좋아한다는 걸 알고 그 어머님이 프랑스에 여행가셨다가 직접 제작해 오셨다고 하더라고요. 그 정도 되니까 그런 선물 못 받은 태영이 기분은 어땠겠어요? 한국에 들어갈 때마다 음식이며, 선물들을 들고 가서 인사 다녀오라고 하질 않나. 하하하. 어떨 땐 제가 태영이한테 미안할 정도였으니까요."

수림은 고개를 크게 끄덕였다. 그 정도라면, 형의 부탁을 받았다고 생각하기보다는 자신이 먼저 형에게 어떤 보답의 마음을 표현하고자 인연을 찾아냈다고 보는 쪽이 더 설득력이 있어 보였다. 그렇지만, 수림은 그 자리에서 말을 꺼내지 않고 아껴두기로 했다.

"그러다가 저절로 또 알게 된 거죠. 어머님이랑 저의 형이 알고 지내는 사이라는 걸요. 태영이가 그래서 한 번씩 잊을 만하면 제게 말을 해줍니다. 형의 소식을 알려주는 거죠. 저랑 나이 차가 많이 나다 보니 확실히 형이 많이 약해졌나 보더라고요."

형은 신장이 대략 절반 정도 밖에는 제 기능을 하지 못하는 상태라고 했다. 그리고 더 늦기 전에 꼭 만나고 싶다는 말을 전해왔다. 다른 형제와 부모들을 다 제쳐두고 막내 동생에게 가장 먼저 닿으려는 그 마음이 수림에겐 매우 무겁게 다가왔지만, 애써 그 마음을 담아 보고자 수림은 잠시 메모를 멈추었다.

"저도 이젠 보고 싶습니다. 형이 정말 궁금합니다. 어쨌든 형은 제 그릇을 넓혀준 마음의 스승들 중 한 명입니다. 그렇지만 내뱉은 말이 있으니 아직은 아닌 것 같습니다."

"내뱉은 말이요?"

"네, 한반도 남북통일의 밑거름. 이제 시작해보려는 것이지 아직 뚜렷한 성과를 낸 것은 아니니까요. 제가 제 입으로 어떤 성과가 있기 전까지는 먼저 연락하지 않겠다고 했으니까요."

수림은 스스로 뱉은 말이라고 하여 너무 거기에 갇힐 필요는 없지 않겠냐는 말을 하려다가 이마저도 그만두었다. 그가 감히 뭐라고 첨언하기에는 두 형제가 보낸 시간이 각자의 상념으로 너무 짙게, 너무 높이 쌓아올려져 있었다.

"그래서 형과 하루 빨리 만나기 위해서라도 전 최선을 다할 겁니다."

33

마태오는 얼마간 조바심을 안고 살아가고 있었다. 꿈은 구체적으로 변했고, 세상에 대한 인식과 생각의 깊이는 달라져 내면은 깊어졌지만 환경은 좀처럼 쉽게 변하는 것이 아니었다. 주변의 도움으로 민간단체 활동도 하게 되었고, 각 활동의 의의와 깊이도 충분히 인지하게 되었지만 그것만으로는 부족함을 느꼈다.

마태오는 고민 끝에 당원 가입을 하고 그가 속한 지역의 시당(市黨)을 찾아갔다. 충분히 시간을 녹인 후 결심하고 진행하는 일이라 머뭇거림은 없었다. 곧장 대외협력위원회에 소속되어 실제 주민들의 민원들을 듣게 되었다. 민원을 갈무리하여 시의 의원들과 각 기관 위원장들을 만나게 되는 날이면, 행정적인 절차와 진행에 관하여 직접 알게 되는 유익한 시간들이 이어졌다. 마태오는 그런 일련의 과정에서 착하다는 것과 바르다는 것이 서로 다른 것이라는 걸 새삼 다시 한번 인지하게 되었다.

'사람은 누구나 다 각자의 처지에서 세상을 보게 된다. 상대를 위해서 한발 물러설 수 있느냐, 없느냐. 그 차이를 말할 때 어떤 이념의 잣대로 볼 게 아니다. 각자의 처지, 그리고 각자가 보일 수 있는 여유가 갈등을 봉합할 수 있는 첫 번째 근거가 된다.'

마태오는 그런 일련의 과정에서 정치적 스승도 만나게 되었다. 아이자칼이라 불리는 사내는 이미 오선의원으로 원내대표까지 올라갔었던 인물이었다. 당내에서는 대표적인 자유보수주의였던 그는 기본 인권의 자유, 빈곤으로부터의 자유에 대한 성찰을 촉구했다. 그리고 정치적 자유는 넓히고, 경제적 자유는 실패한 사람을 돕기 위해 개입하고 조정하는 것이 새로운 보수의 모습이라고 주장하기도 했다.

마태오는 그런 아이자칼의 곁에 있으면서 중앙정치의 흐름도 눈으로 담기 시작했다.

'이대로 내가 돕는 사람이 더 높은 곳을 향할 수 있도록 받침대가 되는 것도 괜찮지 않을까?'

그렇지만, 마태오의 소박한 생각은 그리 오래지 않아 한 차례 변화를 맞이하게 되었다. 이제는 다시 연락이 먼저 올 일이 없을 거라 생각했던 그의 형, 마르코의 소식이었다. 승려가 되어 많은 이들의 정신적 지도자로 충실하게 삶을 살아가고 있는 줄 알았는데, 바다 너머에서 들려온 소식은 그리 단순한 게 아니었다. 마태오로 하여금 삶을 돌아보게 만든 소식은 다소 충격적인 내용이었다.

마르코의 신장이 망가져 기능을 제대로 하지 못하고 있다는 소식이었다.

마태오는 잠시 호흡을 가다듬고 생각을 정리해보았다. 더 늦기 전에 전심전력으로 직접 부딪혀야 한다는 생각이 그를 휘감았다. 어차피 현재의 당은 그의 평소 생각과 여러모로 차이를 보였던 부분들이 있었다는 점이 그를 더 망설이지 않게 만들어주었다.

마태오는 아이자칼을 찾아가 면담을 청했다.

"…그런 까닭에 저는 이만 의원님이 항해 중이신 배에서 내려오려고 합니다. 형과의 약속을 지키기 위해서라도 제가 직접 한반도 통일의 밑거름이 되어 보려고 합니다."

"그대의 그 뜻을 존중하오. 부디 말씀처럼 우리 모두의 내일을 위해 진정으로 힘써주시길 바라오."

마태오는 홀가분해진 걸음으로 자리를 나왔다. 어느덧 하늘에는 어스름이 내려오고 있었다. 이대로 노을이 삼켜질 때가 되면, 하늘은 잠시나마 보랏빛을 보일 때가 있다. 마치 하늘에 별이 떠오르기만을 바라며 그 길을 닦아두는 것처럼. 하늘은 마태오가 바라는 변화와 화해, 용서와 포용을 머금은 보랏빛, 그 자체였다.

"그래, 이제 진짜 시작이다!"

마태오의 짧은 외침이 공간을 길게 가로질렀다.

34

"오늘이 마지막 인터뷰가 되겠군요. 작업이 완료되면 가끔 이 시간이 생각날지도 모릅니다."

"그렇겠죠? 저도 무척 재밌는 시간이었습니다. 정말 뜻깊었어요."

수림과 박경철은 이전처럼 악수를 나누었다. 어쩌면 다시는 나눌 일이 없을 마지막 인사가 될지도 모른다. 이제는 또 각자의 일상에 충실해져야 할 테니까.

"마지막으로 몇 가지만 질문을 드렸으면 해서 제가 또 바쁘신 분을 오시라고 했네요."

"괜찮습니다. 필요하면 몇 번이든 와야죠."

"그럼, 정말 몇 가지만 더 물어보겠습니다. 우선 체육관 운영에 관한 것입니다. 구체적으로 아이들에게는 어떤 식으로 인성 교육을 시키신다는 겁니까? 이게 예전 같았으면 어려운 질문이 아니었는데, 아시다시피 요즘 공교육 현장이 무너지고 있으니까요. 그만큼 부모들에게는 이런 질문 자체가 대단히 예민할 수도 있거든요."

질문을 받은 박경철은 전혀 당황하지 않고 고개를 크게 끄덕여 보였다.

"맞습니다. 공교육 현장이 무너졌죠. 그런데 제 생각보다는 훨씬 늦게 일어난 일입니다. 조짐은 항상 있었다는 거죠. 전 이렇게 일이 늦게 터진 건 전국에서 체육관을 운영하고 있는 무도인들 덕이라고 생각합니다."

"아, 그렇습니까? 전국의 체육관들 덕이라고요?"

"네, 정확히요. 작가님도 이젠 애를 키우시니까 한번쯤 고민해보셨을 겁니다. 이제 애가 크면 어느 학원부터 보내야 할

까와 같은 생각들 말입니다. 그러니까 맞벌이 부모들은 이런 고민조차 제대로 할 틈도 없이 어느새 애가 자라서 어린이집, 유치원을 지나 초등학교 문턱까지 오게 됩니다. 그때서야 주변의 애들이 눈에 들어오죠. 어떤 집 애는 뭐가 빠르다, 뭘 잘하더라 같은 이야기를 그제야 구체적으로 듣고 의식하게 된다는 겁니다. 그런데, 그럼에도 불구하고. 부모들이 먼저 선택하는 첫 번째 사교육 업체는 체육관입니다. 왜 그런지 아십니까?"

"글쎄요. 영어 같은 게 아니라니까 좀 많이 신기하긴 합니다."

"학교는 아이가 공동생활, 사회생활을 하는 첫 진입장벽입니다. 학교는 유치원 같은 곳하고는 비교가 어렵죠. 더 엄한 예절을 필요로 하고, 더 다양한 개성들을 접하게 됩니다. 그래서 체육관이 인기인 겁니다. 우선 체육관은 다른 교과목 학원에 비해 시간 맞추기도 편합니다. 게다가 기본적으로 아이들의 기초 체력, 건강을 위한 수업이 진행됩니다. 이런 이유만으로도 매력이 충분하지만, 진짜 매력은 기본적인 예절 교육을 늘 주입한다는 것입니다. 제가 처음부터 강조했었던 충과 효 같은 우리 생활의 밑바탕 말입니다."

"저도 태권도 도장은 다니긴 했습니다만… 말씀대로라면,

정말 삼강오륜(三綱五倫)이라도 따로 가르치신다는 겁니까?"

"유아와 저학년 학생들에겐 확실히 그런 걸 세분화하여 눈높이 교육을 하죠. 예를 들면, 하루에 하나씩 알려주는 겁니다. 하루는 이웃과 인사하는 법, 다음날은 가족들과 인사하는 법, 또 어떤 날은 식사예절도 알려주고요. 국기에 대한 경례도 알려줍니다. 그러다 이제 교육받는 자세가 점점 나아지면 공동 생활할 때 타인을 배려하는 법에 대해 조금씩 더 알려주는 거죠. 그리고 작가님은 도장에 다니신지 오래되어서 이제 기억도 잘 안 나시겠지만, 자리가 사람을 만든다는 말은 잘 아시잖습니까? 그것처럼 벨트의 힘이라는 게 있습니다. 똑같이 평소 말을 잘 안 듣는 다섯 살짜리 아이들을 모아뒀다고 해도 아이들끼리 벨트 색이 다르면, 자세도 다르고 확실히 조금 더 조심스러워집니다. 무리 중에 검은 띠라도 한 명 있으면 마치 본인이 정말 맏형이라도 된 것처럼 행동을 하게 되죠."

"아, 맞아요. 확실히 저도 그런 기억은 있습니다. 하하하. 음, 그런데 저학년들이야 그런 식의 교육이 가능하지만, 솔직히 중고등부부터는 다루기가 어렵지 않습니까? 수가 틀리면 무슨 짓이든 할 나이가 그때잖아요."

"그래서 지도자의 힘이 중요합니다. 수가 틀려도 어쩌지 못할 만큼 강한 지도자라는 인식을 한 번 심어주면, 그 앞에서는 묵묵히 운동만 하게 되어 있죠. 그런데 이게 체육관 안에 서만 먹히는 소리가 아니라는 겁니다. 아이들에게는 언제든 내가 틀렸을 때, 교정을 이유로 다가올 존재가 있다는 걸 인 식하고 있는 것만으로도 효과가 있습니다. 실제 요즘 공교육 이 무너진 큰 이유 중 하나가 무엇입니까? 아무도 아이들에 게 함부로 할 수가 없기 때문입니다. 당장 부모부터 어쩌지를 못하고, 학교에서 손을 쓰려고 해도 부모가 먼저 거부하고 오 히려 학교 측을 압박하죠. 거기에 사회 변화나 발전을 무시한 채 법이 과거에 머물러 있어서 학교는 말할 것도 없고, 집에 아버지조차 함부로 하질 못합니다. 그런데 그런 아이들에게 그런 걸 무시할 만큼 압도적인 힘을 가진 이가 곁에서 지켜보 고 있다는 인식을 심어주게 되면, 그것만으로도 효과적인 안 전장치가 될 수 있다는 겁니다. 뭐, 어렵게 생각할 게 아닙니 다. 우리 어릴 적에 학생주임 선생님들 생각하시면 됩니다."

"바로 이해가 갑니다. 그렇지만, 전 그런 분들한테 엄청 맞 으면서도 별별 짓을 다 한 것 같은데요?"

"그래도 별별 짓을 하시면서 의식은 하셨죠?"

"물론이죠."

"네, 정말로 아이들에게 물리적 폭력을 쓸 건 아니기 때문 에, 전 그 정도만으로도 충분하다고 봅니다. 이미 그것만으로도 학교 선생들이 다하지 못한 부분을 얼마간 해줬다고 생각합니다. 왜냐면, 요즘의 아이들에겐 부모 외에는 그 어떤 제어 장치도 없으니까요."

수림은 크게 고개를 끄덕였다. 그의 말대로라면, 전국의 체육관은 무너진 공교육을 대신하여 공공사회 시스템을 유지시켜주는 마지노선과 같았다.

"그렇다면, 또 강조하시는 부분이 바로 인성(人性)입니다. 그런데 인정하시는 부분처럼 이미 공교육은 위기 상태입니다. 이렇게 된 배경에는 솔직히 우리들 전체가 인성 같은 건 저절로 몸에 베이는 것이고 정작 중요한 문제는 먹고 사는 경제활동 문제라고 생각했기 때문이지 않겠습니까? 이게 어찌보면 반세기 이상 우리가 생각해온 결과, 행동해온 결과입니다. 그런데 이걸 바꿀 수 있을까요?"

"하루아침에 천지개벽은 될 수 없겠죠. 되면 그게 더 이상한 게 아닐까요? 하하하. 그래서 전 몸을 쓰는 운동이 아니라, 하나의 사회 운동 현상이 되길 바랍니다. 일상에서 우리 사회의 시민들이 자발적으로 참여하고 추진할 수 있는 사회적 실천 운동으로 자리 잡아야 된다고 생각한다는 거죠. 그리고 그 중심에 저 같은 무도인들이 함께했으면 하는 것이고요. 그래서 우리들 모두의 의식이 사회적 안전장치가 될 수 있다면, 그 자체만으로도 크나큰 성과라고 생각합니다."

"시원시원해서 좋군요. 네, 감사합니다."

수림은 빼곡하게 메모를 이어가다 말고 다음 질문을 이어 갔다.

"그리고 이제 정말 마지막 질문입니다. 왜 하필 책 제목을 <동방의 별>로 하고 싶으신 겁니까?"

"형과 헤어질 때, 형이 제게 알려준 노래가 가수 김종서의 <별>이었습니다. 그 노랫말이 그땐 단순히 형이 제게 하는 말 같았지만, 시간이 흐르면서 알게 되었습니다. 그건 제가 앞으로 지녀야 할 자세라는 걸 말이죠. 보이지 않아도 사랑할 수 있는 사랑. 빛을 잃어 가난한 영혼에 다가갈 수 있는 별. 전 한반도 통일과 평화를 위해 그런 별이 되어야겠다는 생각을 하게 되었죠. 만인을 위해 홀로 빛나더라도 만인을 위해 묵묵히 길을 안내해 줄 까만 밤하늘의 별. 멋있지 않습니까?"

"굉장히 멋지긴 한데, 솔직히 말만 들어도 뭔가 굉장히 힘들 것 같습니다. 하하하."

"네, 힘들겠죠. 그렇지만 그런 말도 한 적이 있지 않습니까? 스스로 자랑스러워짐을 느낀다고요. 그것만으로도 이미 충분합니다. 누군가는 해야 할 일을 제가 앞장서서 한다는 것만으로도 전 이미 하나의 별인 게죠."

수림은 그대로 메모지를 덮었다. 그것으로 충분했다. 정말 자신을 찾아와서 글을 맡긴 이가 그런 마음을 잃지만 않는다면, 정말 별처럼 까만 밤에 빛이 되어 우리의 이정표가 되어준다면, 그것만으로도 내일이 오늘보다는 훨씬 더 좋을 날이 될 수 있을지도 모르겠다는 느낌이 들었다.

수림은 자리에서 일어나 공손하게 허리를 굽혀 인사를 했다.

김종서의 <별>

또 무심한 하루가 그냥 스쳐 지나가요
잊을 수 있다고 몸부림칠수록 더욱 사무치는 그리움
다시 돌아올 수 없는 내 단 하나의 사랑
때로는 감동에 때로는 절망에
내게 많은 눈물 짓게 한 사람
그대는 아는지 보이지 않아도
사랑할 수 있는 사랑 있단 걸

고마워요 아름다운 세상 속에 살게 해줘서
빛을 잃은 가난한 나의 영혼에 별이 되어 내려온 그대
미안해요 영원토록 간직하지 못할 것 같아서
왠지 그대를 그리워하면 할수록
외로움만 쌓여 가는 게 너무 아파서
이제는 혼자선 무엇도 할 수 없게 되었죠
나의 일상에 매일 항상 그렇게
그림자처럼 녹아 있던 그대
그대는 아는지 보이지 않아도
사랑할 수 있는 사랑 있단 걸

고마워요 아름다운 세상 속에 살게 해줘서

빛을 잃은 가난한 나의 영혼에 별이 되어 내려온 그대

미안해요 영원토록 간직하지 못할 것 같아서

왠지 그대를 그리워하면 할수록

외로움만 쌓여 가는 게 너무 아파서

많은 시간 지나면 가끔씩 들려올 그대 소식에

다른 누구나처럼 나 그대를 그냥 덤덤히

떠올리게 될까요 많은 시간 지나면

고마워요 아름다운 세상 속에 살게 해줘서

빛을 잃은 가난한 나의 영혼에 별이 되어 내려온 그대

미안해요 영원토록 간직하지 못할 것 같아서

왠지 그대를 그리워하면 할수록 외로움만 쌓여 가는 게

너무 아파서 보고 싶어서

Epilogue
- 마태오가 아닌 박경철이 남기는 말

어려서부터, 체육관의 관장이라는 직업에 매료되었다. 그들의 단단한 용모, 불굴의 정신, 그리고 뛰어난 리더십은 나에게 매우 강력한 인상을 남겼다. 군 복무를 마치는 그날부터 나의 삶의 목표는 분명했다 - 체육관 관장, 그것이 바로 나의 꿈이었다.

내가 선택한 길을 확신하면서, 나는 무예의 모든 형태에 열중했다. 태권도, 합기도, 검도, 그리고 격투기, 그 어떤 것도 나의 노력을 막을 수 없었다. 결국, 나는 25세라는 어린 나이에 체육관을 경영하는 최연소 관장이 되었다.

그러나 어린 나이에 관장이 된 것은 나에게 큰 부담감을 주었다. 그래서 나는 겸손하게 나 자신을 바라보고, 인간성을 더욱 빛내기 위해 노력하였다.

이제 나는 무도인으로서 다음 세대에게 바른 정치인의 용기와 희망을 전해주려 한다. 나는 대한민국 국민들에게 겸손과 바른 인성의 가치를 전달하며, 그들이 정치가 아닌 다른 어떤 길을 선택한다 하더라도 겸손과 바른 인성이 중요하다는 것을 이해시키는 데 내 열과 성을 다하고 싶다.

나의 이야기를 통해 힘들고 어려운 상황에서도 꿈을 이루려는 모든 사람들에게 희망을 전하고 싶다. 나는 이들에게 자신의 꿈을 포기하지 않고, 어떠한 도전에도 두려워하지 않는 사람이야말로 진정한 승리자라는 것을 알려주고 싶다. 이것이 바로 나, 동방의 별이 전하고자 하는 메시지이다.

체육관 관장으로서, 나는 인간의 삶을 향상시키는 원동력이 바로 바른 인성의 힘임을 몸소 체험하며 그에 대한 중요성을 깨달았다.

인성의 근본은 겸손한 마음에서 비롯된다. 진정한 겸손은 진리를 탐구하는 끊임없는 여정에서 찾을 수 있다. 우리 사회에서 겸손은 종종 약한 자의 태도로 오해되기도 하지만, 그것은 오히려 가장 강력한 무기가 될 수 있다.

하지만 많은 사람들의 마음은 이미 지식과 상식으로 가득 차 있기 때문에, 이러한 진리를 받아들이는 것은 쉽지 않다. 그러나 우리가 진리를 받아들이기 시작하면, 세상을 보는 새로운 시각을 갖게 되고, 이로 인해 스스로를 성장시키는 능력을 얻게 된다.

진리는 변하지 않는 법이다. 진리는 우리가 그것을 받아들일 준비가 되었는지 여부에 상관없이 항상 존재한다. 그러나 진리를 받아들이기 위해서는 먼저 우리 자신의 마음을 열어야 한다. 이것이 바로 진정한 겸손이 필요한 이유이다.

우리의 마음이 깨끗하고 겸손하다면, 우리는 진리를 보고 이해할 수 있다. 그것이 우리를 성장하게 하고, 우리의 삶을 향상시키며, 우리를 성공으로 이끌 수 있다.

이것이 바로 나, 동방의 별이 체육관 관장으로서 배운 가장 중요한 교훈이다. 그리고 동시에, 이것은 내가 주고자 하는 메시지이다. 나는 이 메시지를 통해 대한민국이 나아갈 방향은 물론 모든 사람들이 자신의 삶을 성장시키는 데 필요한 힘을 찾을 수 있기를 바란다.

바른 인성을 가진 사람은 겸손의 본질을 자연스럽게 이해하고 받아들인다. 그러나 우리 모두가 겸손의 중요성을 잘 알면서도, 그 작은 중요성을 너무 쉽게 놓치는 경우가 많다. 그것은 물이 항상 위에서 아래로 흐르는 것처럼, 겸손도 자연스럽게 아래로 향해야 한다는 원칙 때문이다.

겸손은 아랫사람을 존중하고 사랑으로 대할 때 나타나는 현상이다. 우리는 종종 윗사람에게 존중을 보이는 것이 겸손이라고 오해하곤 한다. 그러나 진정한 겸손은 윗사람이 아랫사람을 존중할 때, 아랫사람이 자연스럽게 윗사람을 존중하는 것이 아닌 공경하게 되는 순환의 과정에서 나타난다.

우리는 윗사람에게는 존중을 보이려고 노력하는 반면, 아랫사람은 가볍게 여기는 경향이 있다. 이러한 태도는 스스로가 공경받지 않기를 선택하는 것과 같다. 아무리 높은 위치에 있더라도, 아랫사람을 가볍게 여기는 습관은 바람직하지 않다.

윗사람에게 바르게 대하는 것은 단지 예절을 지키는 행위

일 뿐, 겸손은 아니다. 진정한 겸손은 아랫사람에게 존중과 배려를 보이는 순간에만 나타난다. 이것이 진리임을 깨닫고 받아들이면, 우리는 스스로를 돌아볼 수 있고, 자신이 공경과 존경을 받을 수 있는 사람인지, 아닌지를 스스로 평가하고 성장할 수 있다.

나이나 위치에 관계 없이, 서로 존중하고 배려하는 마음을 습관화한다면, 이 사회에 속해 있는 모든 구성원들이 활기찬 환경에서 성장하며 큰 꿈을 이루어 나갈 수 있을 것이다. 그렇게 되면 우리 모두는 하늘의 빛나는 별이 될 것이다.

무도인으로서 나는 이 작은 진리를 깨닫는 데 많은 시간과 노력이 필요했다. 지식과 상식만으로는 이해하기 어려운 부분도 진리 속에서는 모두 해결될 수 있다는 것을 알게 되었다.

우리는 진리를 깨우친 사람을 '도인'이라는 단어로 칭한다. 그런데 과연 이 세상에 진정으로 깨우친 사람이 존재하는 걸까? 마음을 열고 주변을 둘러보면, 우리는 이미 그 사람을 만났을지도 모른다. 그러나 도의 중요성을 인지하지 못하고 물질만능주의에 빠져 있기 때문에, 그 진리를 찾는 데 어려움을 겪고 있을 뿐이다.

'부모에는 효, 나라에는 충, 인류에는 도'라는 말이 있다.
이 세 가지 중 도가 가장 중요하다. 따라서, 우리는 도의 진리
를 찾아 어려운 환경을 정화하고 밝은 세상을 만들어 나가야
하는 의무가 있다.

무도인들은 타고난 재능으로 무술을 수련하는 것뿐만 아
니라 아이들의 인성을 가르치며, 알게 모르게 도의 공부를 하
는 수행자들이다. 나라에 충성하며 목숨을 걸 각오를 하는
것도 중요하지만, 인류의 도는 그보다 한 차원 더 높은 깨달
음을 요구한다. 그러니 도를 이룬 자를 '성인'이라고 부르며,
깨달은 성인 한 사람이 인류를 구할 수 있는 지혜를 가졌다
고 말하는 것이다.

대한민국 국민들은 동방의 등불, 즉 이 시대의 축복을 누
리고 있다. 따라서 우리는 정신을 가다듬고, 함께 진리를 찾
아 새로운 시대를 열어나갈 수 있는 희망을 품어야 한다.

우리는 역사적 사명을 띠고 이 땅에 태어났다고 어린 시절
국민교육헌장을 통해 교육을 받아왔다. 너무 앞만 보고 달

려오다 보니, 미래에 대한 의문은 품지 못하고 자아를 잃어버린 채 살아가고 있는 것은 아닌지 되짚어 볼 필요가 있다. 그러나 우리는 알고 보면 대자연의 소중한 별이고 하늘이며, 더 나아가 우주이다. 그럼에도 불구하고 지금의 현실에 휩쓸려 스스로에 대한 자각을 잃어가는 사회 일원으로 묵혀져 있는 것은 아닌지 우리 자신을 되돌아보았으면 한다.

우리는 자랑스러운 대한민국 천손의 자식으로서 각자 유능한 재능을 갖춘 사람들이다. 그러나 현실에 지친 우리는 대응 방법을 찾지 않고 사회 탓만 하며 멍하니 살아가고 있지는 않은가.

우리는 대한민국 교육헌장에 표기된 홍익 인간으로서 세상을 이롭게 하며 사는 사람이어야 한다. 그러나 물질 문명의 속박에 정신을 잃어버리고, 어둠에 묻히면서도 그냥 물 흐르듯 세상을 받아들이고 있지는 않은지 다시금 우리 자신을 되돌아보고자 한다.

우리는 이제 다시 우리 자신을 찾아가야 한다. 가슴 속에 희망과 열정이 불타오르는 새로운 시대의 희망과 길이 되기를 소망한다. 이 책은 우리의 내면에 피어있는 희망의 씨앗을 비추고, 각자의 재능과 역량을 발휘하여 대한민국과 세계를 이롭게 만들어 나갈 수 있는 길을 제시한다.

『동방의 별 - 새시대의 신호탄』은 우리가 다시 한번 우리 자신을 찾아가고, 현실에 안주하지 않고 새로운 가치와 목표를 향해 나아갈 수 있는 동기를 부여해 줄 것이다. 우리는 이제 대한민국의 희망이자 빛나는 별들이 되어 새로운 시대를 이끌어 나갈 준비를 해야 한다.

함께하여 우리의 존재를 되돌아보고, 대한민국의 희망으로써 세상을 널리 이롭게 만들어 나가는 여정에 우리 모두가 함께 하기를 바란다.

도전이 기억되길 바라며 ──────

유령 작가는 힘들다. 특히 이번처럼 출마자의 자서전 작업이 들어오면 더욱 힘들어진다. 정치적 견해가 다를 수도 있고, 때로는 정치적 이유로 대중의 지탄을 면치 못하는 경우도 생겨 출판사들마저 꺼리는 경우가 흔하다. 솔직히 나의 경우에는 그런 염려보단 자서전 쓰기 작업 자체가 무미건조하여 이전 작업들은 울며 겨자 먹기로 해왔던 게 사실이다. 좋은 점과 업적만 받아쓰기하는 작업이 어떻게 재미있겠는가?

다행히 이번 작업은 정말 시작 전부터 재미가 있었다. 나의 소설적 역량을 아낌없이 표출하여도 된다니 재미있다 못해 저절로 흥이 나서 어깨춤이 절로 춰질 정도였다. 그래서 정말 아낌없이 발휘했다.

먼저 출마자의 이야기가 잘 다듬어진 다른 형태의 이야기로 변화(變化), 재형성되는 과정을 담았다. 그래서 하나의 소설 안에 또 다른 소설과 현실이 공존하고 있는 듯한 느낌을 줄 수 있도록 구성하였다. 마치 서로를 마주보고 있는 한 쌍의 거울처럼 말이다. 그래서 독자들이 실존하는 인물과 소설 속 인물을 구분 지으면서도 동시에 동일하게 볼 수 있는 재미를 추구해보았다. 물론, 이런 기교 역시 독자들 사이에서 취향이 갈리는 부분이 있겠지만, 전반적으로 실제 사건을 확인하고 글로 옮기는 작업과정을 인터뷰로 압축해두었기에 읽는 속도감은 충분하리라 자신해 본다.

그러니 결국 내가 한 작업이란 건 이야기를 각색하여 자칫 무료할 수 있는 이야기를 최대한 재밌게 만드는 작업이었다. 원작자가 전하고자 하는 궁극적인 메시지는 책의 서두와 결미에 뚜렷하게 적혀 있다. 나는 메시지들을 다시 잘게 나누고 분류하여 등장인물들 간의 대화를 통해 드러나게끔 재배열했을 뿐이다. 이 과정에서 주인공 본인의 평소 생각이면서도 마치 주변 인물들의 도움으로 타인의 생각을 수용하고, 그로인해 내적 성장을 이룬 것처럼 적힌 부분들이 다수 있다. 그리고 인물이나 기관명을 의도적으로 소설적인 가명을 써서 가린 경우도 존재한다. 독자들 입장에서는 그런 부분을 분류하며 읽어내는 재미도 있으리라 본다.

그럼에도 불구하고, 이 책의 본질은 역시 자서전이다. 때문에 인물들에게 입체감을 주는 것에는 한계가 있다. 절대적 악인이나 악의 시스템도 등장하지 않고, 주인공도 악을 탐미하지 않는다. 오로지 정의추구와 성장을 이야기한다. 그러니 현대소설과는 얼마간 거리감이 있겠지만, 필자는 감히 대중들에게 그런 시선을 재고해주길 바라는 바다. 왜냐면, 그런 태생적 한계를 명확히 인지하고 쓴 <도전>이기 때문이다.

때문에 필자는 감히 이번 도전이 하나의 새로운 전기소설의 형태로 기억되길 바란다. 생존하는 타인의 인생을, 그것도 짧은 소설로 이렇게 구성한다는 건 적지 않은 용기가 필요함이 분명하다. 그래서 본인도 이전처럼 유령으로 남지 않고 실제 활동하고 있는 필명을 함께 넣어 전면에 세웠다. 출판도 직접 담당하기로 했다. 이건 도서흥행에 자신이 있다거나 내가 정치적으로 하나의 노선을 확정했음을 말하는 게 아니다.

내가 열정과 시간을 아끼지 않고 이런 도전과 시도를 과감히 해보았다는 것에 대한 자축이다.

지금까지 길게 썼지만, 한 문장으로 정리하며 끝을 맺겠다. 지금까지 숱한 자서전들이 있었겠지만, 이것보다 재미난 글은 손가락으로 꼽을 정도로 적었으리라.

2023년 11월 20일 초판 1쇄 발행

지은이 | 박경철, 문수림
편집인 | 문수림
책임편집 | 문수림
교정, 교열 | 배지은
표지 디자인 | 허은혜
디자인 총괄 | 문수림
제작·마케팅 총괄 | 문수림

발행인 | 박경철
발행처 | 마이티북스(15번지)

© 마이티북스
연락처 | 010-5148-9433
이메일 | novelstudylab@naver.com
홈페이지 | http://마이티북스.com

ISBN 979-11-984193-1-6

도서 제작 과정에서 아래의 폰트를 사용했습니다.
'Noto Sans CJK KR, 고운바탕, 고운고딕, KoPub바탕체, KoPub고딕체, 궁서, 을유1945'

창작자들을 위해 무료로 배포해준 폰트 제작자 여러분에게 지면을 빌려 감사의 마음을 전합니다.